MORTE NOS BÚZIOS

GREENPEACE

A marca FSC é a garantia de que a madeira utilizada na fabricação do papel interno deste livro provém de florestas de origem controlada e que foram gerenciadas de maneira ambientalmente correta, socialmente justa e economicamente viável.

O Greenpeace — entidade ambientalista sem fins lucrativos —, em sua campanha pela proteção das florestas no mundo todo, recomenda às editoras e autores que utilizem papel certificado pelo FSC.

REGINALDO PRANDI

MORTE NOS BÚZIOS

Companhia Das Letras

Copyright © 2006 by Reginaldo Prandi

Projeto gráfico da capa:
João Baptista da Costa Aguiar

Foto da capa:
Bel Pedrosa

Preparação:
Maysa Monção

Revisão:
Isabel Jorge Cury
Otacílio Nunes

Dados Internacionais de Catalogação na Publicação (CIP)
(Câmara Brasileira do Livro, SP, Brasil)

Prandi, Reginaldo
  Morte nos búzios / Reginaldo Prandi — São Paulo:
Companhia das Letras, 2006.

ISBN 85-359-0863-3

1. Ficção policial e de mistério (Literatura brasileira)
2. Romance brasileiro I. Título.

06-4358   CDD-869.93

Índice para catálogo sistemático:
1. Ficção policial e de mistério : Literatura brasileira 869.93

2006

Todos os direitos desta edição reservados à
EDITORA SCHWARCZ LTDA.
Rua Bandeira Paulista, 702, cj. 32
04532-002 — São Paulo — SP
Telefone: (11) 3707-3500
Fax: (11) 3707-3501
www.companhiadasletras.com.br

MORTE NOS BÚZIOS

Os personagens, as instituições e as situações desta obra são reais apenas no universo da ficção; não se referem a pessoas e fatos concretos, e sobre eles não emitem opinião.

1

O táxi parou em frente ao portão de uma casa branca quase escondida atrás de um muro alto numa rua da Freguesia do Ó, bairro da zona norte de São Paulo. Helena tirou do pulso o relógio de ouro e o guardou na bolsa. Sentiu-se mais segura. Pagou o taxista, desceu e, mesmo relutante, tocou a campainha da casa.

A verdade podia doer, mas não mais que a dúvida. Com quarenta anos, não devia ter se deixado envolver àquele ponto. Mas quem garante que há idade certa para cada coisa? Uma brincadeira, um namoro, um caso, e de repente o jogo prazeroso se transforma numa arapuca. Não, ela iria superar, tinha força para isso, sobreviveria e tiraria proveito do aprendizado. Ah! mas o coração batia forte, sentia um nó na garganta. Se arrependimento matasse! Pensava no filho, no marido que não amava mas que não queria magoar. Pensava no futuro, era jovem. Mas que futuro? Precisava de socorro. E como!

O portão se abriu. Foi recebida por uma negra alta, bonita, vestida com uma saia franzida que descia até os tornozelos e uma blusa farta e decotada, ambas de algodão estampado. Amarrado em torno do tórax, uma espécie de xale do mesmo tecido prendia os seios. Usava vários colares de contas de muitas voltas, que caíam até abaixo da cintura. Tinha a cabeça coberta por um turbante e estava descalça.

— Boa tarde! Dona Helena? Prazer, vamos entrando. Minha mãe já vai atender a senhora. Dá licença? — Num pote de barro ao lado do portão mergulhou uma caneca, que passou sobre a cabeça de Helena, sem tocá-la. Curvando-se como se fizesse uma reverência, jogou o conteúdo da caneca na rua e foi tratando de explicar o porquê daquilo:

— É água. Para limpar as coisas ruins que a gente pega na rua. Vale por um banho.

Foi levada até uma sala, onde se sentou e tomou o cafezinho que a moça lhe ofereceu. Helena achou o café gostoso e se sentiu reconfortada. Estava mais calma, mas ainda sentia o peito oprimido. A jovem elogiou a beleza e a elegância da cliente, desculpou-se, "sou tão sincera", pediu licença e se retirou. Uma sineta tocou lá dentro, e a mesma moça voltou para conduzi-la a outro aposento. Pensou em desistir, voltar para casa.

Uma senhora a esperava de pé, era mãe Aninha. O mesmo tipo de roupa, mas de um tecido leve, branco, bordado com fios prateados. Porte de rainha, um pouco gorda para sua estatura mediana, ar de gente bondosa e de bem com a vida. Teria uns sessenta anos? Morena, feições bonitas, usava muitos colares de contas e tinha a cabeça coberta por um turbante. Cumprimentaram-se. Helena olhou de relance para os pés da mãe-de-santo, imaginando se ela também estaria descalça. Ela estava bem calçada e sorriu para a visita, sentando-se e apontando uma cadeira.

— Por favor, sente aqui perto de mim.

Entre as duas havia uma pequena mesa, e sobre a mesa Helena viu uma peneira com búzios, moedas e seixos. A mãe-de-santo falou:

— Fique tranqüila, vamos ver o que dizem os búzios.

Concentrou-se, parecia que rezava, os olhos baixos. Segundos que pareceram uma eternidade. Depois levantou a cabeça e gritou para fora do quarto:

— Júlia, minha filha, traga um copo d'água fresquinha para a senhora. Está calor.

Em seguida ajeitou-se na cadeira de braços, sorriu outra vez para Helena e fez uma reza numa língua incompreensível, arrumando os apetrechos do jogo. Júlia, a negra da recepção, entrou com um copo d'água, que Helena deixou na mesa sem beber. A mãe-de-santo esfregou os búzios entre as mãos e jogou-os na mesa. Logo em seguida jogou novamente. Repetiu o lançamento pela terceira vez. Pareceu não ter gostado do resultado, pois o sorriso desapareceu de seu rosto simpático e seguro. Em vez de falar com a cliente, gritou para fora do quarto:

— Júlia, venha aqui, menina. Corra.

A filha-de-santo entrou no quarto, apressada, e mãe Aninha instruiu:

— Vá à cozinha e diga que vou precisar de nove acaçás e nove acarajés para uma oferenda. Se não tiver, tem que fazer já. E peça que preparem também nove porções de farofa de dendê, nove pratinhos de pipoca, nove flocos de algodão e uma cabaça com nove ovos. Vou ter que fazer o ebó imediatamente. Tudo em número de nove, compreendeu, minha filha?

A filha-de-santo confirmou com a cabeça, fez uma mesura e saiu. Só então mãe Aninha dirigiu-se à consulente, que não estava entendendo nada e ia ficando cada vez mais nervosa.

— Não é bom o que vejo, infelizmente não é. Vejo morte nos búzios — disse mãe Aninha, olhando com apreensão, alternadamente, para os búzios e para Helena. — O jogo está avisando que a morte está por perto. Vejo um grande perigo se aproximando. O que está acontecendo, minha filha?

— Morte? Não sei — respondeu Helena como quem sai de um torpor. — Não tenho ninguém doente na família. Minha mãe é idosa, mas tem boa saúde.

— Não, não é morte de parente, é sua morte que os búzios estão anunciando. — Mãe Aninha lançou de novo os búzios. — O jogo confirma, sinto muito. Alguém quer tirar sua vida. Mas vamos dar um jeito. Não me esconda nada, me ajude, minha filha, vamos fazer de tudo para enganar sua sina.

Helena reagiu com indignação:
— Isso não faz sentido! Ninguém está querendo me matar. O que é isso? Foi outro motivo que me trouxe aqui. A senhora está enganada. — Apertava as mãos uma na outra enquanto falava.
— É, às vezes a gente pensa que a aflição vem de uma coisa, mas ela vem de outra. É o que eu vejo no seu jogo. O padecimento é profundo, mas a senhora tem medo de olhar para o que causa esse desespero. — Mãe Aninha prendeu as mãos da consulente entre as suas. — O perigo é grande, não temos tempo a perder. Abra seu coração, filhinha. Oxum é mãe, ela é o seu orixá, vai proteger a senhora. Vamos fazer uma oferenda inicial ainda hoje para acalmar o seu destino. Um ebó, entende? Um despacho. Amanhã, com mais tempo, preparamos o trabalho completo para afastar de vez essa ameaça. Vamos cuidar de tudo com a ajuda dos orixás.
— Desculpe tomar seu tempo! — Helena soltou-se e deu a consulta por encerrada, levantando-se. — É melhor a gente parar por aqui. Será que alguém pode me chamar um táxi?
Agora quem estava aflita era a mãe-de-santo.
— Não, não. Tenha calma, não vá embora assim desse jeito. Precisa confiar. O jogo me deixou muito preocupada. Os búzios mostraram morte imediata, e não é por doença. A morte já está aqui ao seu lado. Precisamos agir depressa, fazer os ebós que a situação exige...
Enquanto falava, aspergia os búzios com água de uma quartinha de louça branca sobre a mesa, e com a ponta do dedo molhava a própria testa e a testa de Helena, que se esquivava, limpando com as costas da mão a testa levemente molhada.
— A senhora pode ficar tranqüila que nada de mau vai me acontecer. Não quero mais falar nesse assunto.
Helena abriu a bolsa, tirou duas cédulas e as largou sobre a mesa.
— Desculpe, não quero saber mais nada. — À porta, ainda disse:

— Até logo, preciso ir, desculpe. Passe bem.

A moça que a recebera pediu um táxi por telefone, levou-a até o portão e ficou com ela até o carro chegar. "Será que o taxista se perdeu no caminho? Que demora!" A opressão no peito agora era insuportável. Pensou que ia vomitar.

Enfim, o táxi.

A corrida até Indianópolis levou mais de uma hora, o trânsito horrível. Helena entrou correndo em casa e se fechou no quarto, depois de ordenar que não a incomodassem. Queria ficar sozinha, não desceria para o jantar.

Também não desceu para o café na manhã seguinte. Preocupada, a empregada foi chamá-la no quarto. Helena não estava dormindo, estava morta. O corpo nu estava sobre a cama, num charco escuro e endurecido de sangue coagulado. Tinha o pescoço cortado e a boca cheia de folhas de manjericão.

2

Mãe Aninha soube da morte pela televisão. A notícia a deixou profundamente abalada. Fernando, um dos seus filhos-de-santo, também tomou conhecimento do crime pela televisão. Ele conhecera Helena Rizieri Ferrari na época da faculdade de medicina, pois o pai dela fora seu professor. Foi um conhecimento muito superficial, nunca trocara mais do que três palavras com ela. Em suas reuniões com os alunos, o pai sempre se referia à filha com orgulho. Era uma moça bonita. Fernando lembrava-se bem do retrato de Helena na mesa do professor na faculdade, no prédio da avenida Doutor Arnaldo. Difícil aceitar aquela morte horrível. Ainda bem que o velho professor morrera alguns anos antes.

A polícia ainda não tinha pistas do assassino. Pelo menos é o que diziam os jornais. Mulher rica, elegante, inteligente, o marido na Europa a negócios, o filho único estudando nos Estados Unidos, Helena estava em casa somente com a empregada, que dormia no emprego. Fernando não conseguia afastar aquele quadro terrível da cabeça: a mulher nua na cama com a garganta cortada e uma faixa amarela amarrada em laço na cintura, com a boca cheia de folhas de manjericão. Fernando soube desses pormenores, familiares ao povo do candomblé, não pelo noticiário da televisão, mas pelo delegado que cuidava do caso. A televisão informara apenas que a mulher fora degolada.

Em seu depoimento, tomado no terreiro de mãe Aninha,

Fernando confirmou o que o delegado, o doutor Tiago Paixão, já sabia sobre o homicídio:

— É verdade, a filha de meu professor morreu como uma cabra sacrificada a Oxum num ritual do candomblé.

E explicou:

— Quando se sacrifica um quadrúpede, seja cabra, carneiro ou novilha, o bicho oferecido é enfeitado com um laço da cor ritual do orixá. Um maço de folhas do orixá, cada orixá tem as suas, é oferecido ao animal como última refeição. Se ele abocanha as folhas, é sinal de que aceita o sacrifício. Não sei o que isso pode significar, mas ela morreu como se fosse uma cabra votiva oferecida a Oxum, enfeitada com um laço de pano na cor do orixá e comendo sua erva predileta.

— Cabra de Oxum! Foi o que disse um de meus homens na cena do crime — observou o delegado.

— Mas tem uma coisa muito importante — acrescentou Fernando. — Não se faz sacrifício humano no candomblé.

O delegado explicou:

— A empregada da morta disse que a patroa tinha ido se consultar com mãe Aninha. Disse que ela mesma tinha chamado o táxi e que sabia o endereço do terreiro. Assim, dona Aninha é uma peça central do inquérito, pois por alguma razão ela adivinhou que Helena ia morrer.

— Tudo o que ela faz é rezar aos santos orixás, que nós do candomblé veneramos — observou Fernando.

O delegado se mostrava bem informado sobre o que a mãe-de-santo dissera à cliente no jogo de búzios. Não havia nada a esconder: sim, Helena consultara mãe Aninha, e a mãe-de-santo ficara preocupada porque vira morte nos búzios, mas Helena fora embora sem ouvir seus conselhos.

Fernando disse estar muito apreensivo com a situação, pois as relações entre polícia e candomblé nunca foram favoráveis aos religiosos. O delegado até que era respeitoso, mas o interrogatório, pesado e repetitivo. Todos os membros do terreiro tinham virado suspeitos e todos seriam chamados a depor.

O delegado tomou o depoimento da mãe-de-santo no próprio terreiro. Não queria, pelo menos por enquanto, interrogá-la na delegacia. Sabia que precisava contar com a boa vontade dela, pois bastava um gesto sutil da mãe-de-santo, um olhar, e todo o pessoal do terreiro se fecharia em copas. O investigador Feliciano, o mesmo que relacionara o laço na cintura e as folhas na boca com os sacrifícios votivos do candomblé, lhe falara sobre o controle que as mães-de-santo exercem sobre os membros de seu terreiro.

Mãe Aninha repetia o que já dissera tantas vezes.

— Ela estava desesperada, insistiu para vir jogar búzios na sexta-feira, dia em que não costumo jogar, é dia de meu orixá. — A mãe-de-santo benzeu-se curvando-se na cadeira e tocando o chão com a ponta dos dedos, que levou até a testa. — Mas tamanho era o desespero dela que eu disse que viesse. Não podia deixar de atender a uma pessoa agoniada. Joguei e vi a morte. Ela não quis saber, não sei se não acreditou ou se ficou com medo. Nem quis conversar, correu embora. Júlia, minha filha-de-santo, ficou lá fora com ela, esperando o táxi chegar. Contou que ela estava muito nervosa, sempre perguntando se o táxi ainda ia demorar. Eu nem devia estar falando essas coisas, doutor Paixão. Estou quebrando o sigilo do jogo de búzios, mas a coitadinha está mesmo morta, não está?

— A senhora percebeu o desespero dela, achou que ela sabia que estava correndo perigo e lhe falou da morte. Ela se assustou com a verdade dita assim na cara e por isso fugiu. É isso, dona Aninha?

— Eu vi a morte nos búzios e disse a ela. É só isso que eu sei.

— E pouco depois ela morreu feito uma cabra de obrigação — completou o investigador Feliciano, que acompanhava o interrogatório.

Mãe Aninha encerrou a conversa:

— Não temos nada a ver com a morte dela, pobrezinha.

Eu queria ter podido ajudar, mas ela não me deu tempo, fugiu. Eu não ia fazer um ebó, uma oferenda aos orixás, sem ela querer. Não posso fazer nada se a pessoa não quer. O destino de cada um só a cada um pertence, não pode ser mudado se a pessoa não se dispõe.

Munida de ordem judicial, a polícia virou o terreiro do avesso e levou vários objetos rituais, entre eles mais de uma dezena de facas. Fernando comentou com os irmãos-de-santo que como ele aguardavam no salão de cerimônias do terreiro as instruções do delegado:

— A arma do crime não foi encontrada no quarto da morta nem em nenhum outro lugar. O legista acha que foi uma faca, e faca é o que mais tem num terreiro de candomblé, com tanta comida votiva, tantos animais para imolar.

Tomou uma caneca de café que um irmão-de-santo lhe trouxera da cozinha e continuou:

— A barra vai pesar para todos nós, principalmente para Mãe. Precisamos cuidar dela com carinho.

— Será que foi alguém daqui? — falou uma filha-de-santo.

— Claro que não — respondeu Fernando. — Mas a suspeita é suficiente para nos afogar num mar de preconceito e perseguição. A corda sempre arrebenta do lado mais fraco. Aposto que os evangélicos vão deitar e rolar, a imprensa também. Dá até para prever as manchetes: "Milionária é sacrificada para Exu", "Mulher é morta em despacho para Pombagira".

Aos poucos os fiéis foram chamados para conversar com os investigadores. Alguns foram dispensados. Seriam ouvidos no dia seguinte, na delegacia. Fernando ficou sozinho. Sentia-se cansado, não dormira quase nada nos últimos dias. Estava sentado numa esteira, a cabeça apoiada no estrado dos atabaques. Pegou no sono. Foi acordado por sua irmã Luísa, que também era filha-de-santo de mãe Aninha e que morava com ele:

— Vamos embora, vamos para casa descansar.

* * *

O noticiário dos dias seguintes não mostrou avanço na investigação. A primeira página do jornal de maior circulação estampara a manchete: "Médico é suspeito da morte da milionária". A familiaridade com a execução dos sacrifícios fizera de Fernando o suspeito. Ele era o sacrificador do terreiro de mãe Aninha, mas esse pormenor não foi divulgado. No dia seguinte, uma pequena notícia de página interna retificara: "Álibi do médico deixa a polícia sem rumo".

3

No começo da tarde de sexta-feira, sete dias depois que mãe Aninha viu a morte de Helena nos búzios, Fernando recebeu a visita de seu irmão mais velho, Francisco. Ele estava preocupado. Os dois tinham conversado rapidamente por telefone algumas vezes durante a semana e só agora podiam se encontrar. Francisco achava que Fernando e Luísa estavam metidos numa grande encrenca. Não bastava os dois se enfiarem no candomblé, uma religião de gente ignorante e interesseira? O pai deles, que estava fora do país, podia ter sabido do crime pela internet, os filhos envolvidos, Fernando apontado como suspeito... Com certeza estaria desesperado.

— Quanto a isso, não precisa se preocupar. Já preveni papai por e-mail. Ele respondeu com palavras de carinho. Você conhece o velho.

Fernando também contou que falara longamente por telefone com Rita, a irmã que morava em Natal, e que portanto a família toda sabia dos acontecimentos.

— Mas eu ainda não entendi a história. Só sei o que você e Luísa me disseram por telefone e o que o noticiário divulgou. Queria que você me contasse tudo desde o começo. Afinal, qual é o seu envolvimento nessa morte? Por que foi apontado no começo como o principal suspeito? E Luísa? Ela também não corre o risco de ser envolvida nessa loucura?

— Risco corremos todos. Luísa está bem. Só não está aqui conosco porque tem aulas para dar. — Luísa era professora de inglês numa escola de línguas e também dava aulas particulares. — Vou tentar explicar as coisas.

Até o dia em que Francisco saiu da casa do pai, os dois irmãos haviam dormido no mesmo quarto. Quando crianças, Fernando tinha medo do escuro e Francisco conversava com ele para distraí-lo, até que pegasse no sono. Eram homens-feitos, agora, mas Francisco tratava o irmão mais moço como se ele ainda fosse o menino inseguro que sentia medo de assombração. Quando se dava conta de que Fernando não era mais o garoto frágil que o pai superprotegia, Francisco se sentia desajeitado e não sabia como lidar com o irmão. Viam-se pouco, os dois eram muito ocupados, mas sempre que se encontravam Francisco se surpreendia ao constatar o quanto os dois ainda eram ligados.

— Como é que eu, Fernando Amaro Lupo, médico e cidadão aparentemente respeitável, me transformei no principal suspeito do crime? Muito simples: na nossa comunidade religiosa, eu sou o encarregado da matança de animais, o responsável pelos sacrifícios rituais. Sou o sacrificador-mor, o axogum, como se diz na língua do candomblé. Então, quem sacrificou a cabra, quem matou a milionária? Quem a enfeitou com um laço amarelo e lhe deu um ramo de manjericão para comer, e depois passou a faca no pescoço dela? Só podia ser eu.

Depois de uma pausa, Fernando continuou:

— Mãe Aninha sabia que ela ia morrer e disse isso a ela com todas as letras. Estava escrito nos búzios. A moça morreu em sacrifício, como morrem os animais votivos e como morreu Jesus Cristo. E quem teria conduzido o destino dela ao seu final? Eu, que mato os animais de acordo com ritos de vários séculos, para que os deuses sejam alimentados e, uma vez satisfeitos, nos permitam viver em paz e realizar nossos sonhos, completando nossa sina solitária neste mundo. Quem mais poderia ser o assassino senão eu, o sacrificador?

— Conclusão simplista demais.

— Conclusão da polícia. Mas faltava descobrir o motivo

do crime. Por que Helena foi morta? Podia ter sido escolhida ao acaso, porque estava à mão. Como os animais abatidos para o repasto dos orixás: escolhidos ao acaso nos criadouros.

— Isso de o candomblé matar animais indispõe as pessoas contra a religião. Quase ninguém compreende.

— É verdade. Quando algum assassinato parece estar relacionado com magia negra, logo pensam que é coisa de candomblé, de umbanda, de quimbanda.

— Dizem que é macumba.

— Pois é. Acontece que nossos deuses comem carne, como os homens e mulheres comuns.

— Fora os vegetarianos.

— Fora os vegetarianos. E para comer carne, é preciso matar. Será que alguém pensa que bife dá em árvore? A carne que oferecemos aos orixás e que comemos em comunhão com eles, nós, do candomblé, não compramos no açougue nem no supermercado, porque a comida sagrada tem que ser preparada de acordo com rituais elaborados, que os escravos aprenderam com seus antepassados. Outras religiões também adotam ritos rigorosos no abate dos animais, certo? Um judeu ortodoxo, por exemplo, só come carne se o animal for abatido por um magarefe autorizado pela religião, que segue o código referente aos preceitos alimentares dos judeus.

Fernando ficou um minuto quieto, depois prosseguiu:

— Para muitos, infelizmente, se a minha religião mata animais, por que também não mataria seres humanos? E eu, que sou sacrificador ritual, não seria também matador de mulheres, assassino? E se a mulher tinha sido sacrificada, a culpa não era só minha, mas também de minha religião, e assim todos os que seguem nossa mãe-de-santo virariam culpados, e principalmente ela. De todo modo, o matador era eu, e o candomblé era a fonte de motivação.

— Puro preconceito...

— Preconceito não contra mim, que sou médico e branco, mas contra minha religião, que é negra na origem, contra

nossos deuses, que são africanos, contra o Brasil preto, mulato, mestiço.
— O velho preconceito racial...
— Isso. Acontece que, além de matador, eu era o cara que conhecia a vítima. Não foi fácil convencer a polícia de que eu conhecia Helena só de vista, por acaso, porque o pai tinha sido meu professor. Porque para eles tudo se juntava. O prato estava pronto para ser servido.
— Mas seu álibi...
— É, meu álibi foi mais forte. Desde antes de Helena sair para a consulta com mãe Aninha até uma hora depois da chegada da polícia à cena do crime, eu estava de plantão no hospital de Santo Amaro, bem longe dali, com meia dúzia de colegas para testemunhar que eu não saíra do local nem por um minuto.
— Ainda bem.
— Mesmo assim, passamos a semana sob suspeita, pois se o assassino não era eu, poderia ser algum outro membro do nosso terreiro. Todos os filhos da casa tiveram que depor. O pior é que meus irmãos-de-santo passaram a desconfiar uns dos outros, e o laço que nos une a todos em torno de Mãe e dos orixás de repente ficou frouxo. E se houvesse mesmo um assassino entre nós?

Francisco despenteou o cabelo de Fernando, como fazia quando eram meninos. Dessa vez Fernando não se importou. Sorriu e continuou:

— Um achado legal nos favoreceu: as facas apreendidas no terreiro e devidamente examinadas não mostraram traços de sangue humano.
— E as navalhas usadas para raspar a cabeça?
— Cada um tem sua própria navalha, que leva ao terreiro só em ocasiões especiais. Por isso a polícia não encontrou navalhas no terreiro. Se tivesse encontrado, talvez houvesse resíduo de tecido humano em algumas delas. Mas nas facas não havia.

— E disso a imprensa não falou.

— Tudo aconteceu muito depressa, a imprensa nem teve tempo de se informar direito. Mas também tivemos ajuda do lado de lá. Um dos benfeitores do templo é desembargador do Tribunal de Justiça de São Paulo e amigo pessoal do governador, homem influente. Ele convenceu a polícia a tomar cuidado e não levantar suspeitas que não pudessem ser comprovadas envolvendo mãe Aninha e sua comunidade. A partir daí as autoridades policiais trataram de conduzir as averiguações sob sigilo e com respeito. Assim, pelo menos na aparência, os holofotes da polícia foram dirigidos para outros alvos: a família da morta, o marido recém-chegado do exterior, as relações da falecida com pessoas da alta sociedade, a previsível lista de empregados e ex-empregados eventualmente interessados em vingar antigas injustiças trabalhistas, e assim por diante. O terreiro ainda ficou um tempo sob vigilância discreta, mas aos poucos nos deixaram em paz.

— E nada foi esclarecido até agora?

— Nesta cidade são trezentos e sessenta assassinatos por mês, doze por dia, um a cada duas horas. É natural que parte deles, se não a maioria, fique para trás sem solução.

— Em que porra de cidade vivemos!

— Parece que a polícia não chegou a nada até agora. Não descobriu nenhuma razão para a mulher ter sido morta. Não encontrou desafetos nem inimigos potenciais. Tudo o que se sabe é que ela morreu como um animal em sacrifício, mas a imprensa só falou disso por alto. Você se lembra de ter visto alguma coisa sobre o fato de que a vítima foi encontrada com a boca cheia de folhas de manjericão?

— Não, não vi nada. Folhas de manjericão na boca, é? Estranho. A imprensa, se soubesse, ia adorar. Não ia passar batido.

— Pois é. E com isso uma semana se passou e tudo indica que o crime jamais será desvendado. E, pelo jeito, a paz voltou a reinar no terreiro. Torço para que mãe Aninha possa

voltar logo a jogar os búzios com tranqüilidade. É uma coisa que ela faz com muita competência. Um dom dos deuses.
Os irmãos ficaram em silêncio. Francisco se levantou.
— Irmãozinho, preciso ir. Vou mais aliviado. Imagino o que você e Luísa enfrentaram nesses dias.
— Foi duro, mesmo.
— Mas você ficou firme.
— A gente tenta superar os medos.
— Lembra quando papai nos levou para passar uma semana naquela fazenda assombrada? Luísa ficou amiga das assombrações e até chorou por ter que se separar delas. Mas você se enfiava na cama de papai à noite, com medo dos ruídos e fantasmas que o pessoal da fazenda inventava para nos assustar e divertir.
— Você e Rita mais se divertiam do que se assustavam.
— Mas hoje eu sei que você é muito mais corajoso do que eu.
— Que é isso, Francisco? Você sabe que eu boto banca, mas me cago de medo de certas coisas.
— Não, quem faz isso sou eu. Rita sempre me diz isso. Quanto a esses malditos acontecimentos, bem, estou com vocês para o que der e vier.
Francisco levantou-se e abraçou o irmão, se despedindo:
— E agora preciso mesmo ir embora. Prometi acompanhar Lavínia ao médico e está quase na hora de eu me encontrar com ela.
— Lavínia está doente?
— Não. Achamos que está grávida. O teste de farmácia deu positivo, mas queremos uma confirmação do médico. Ela não passou bem na primeira gestação, lembra?
— Lembro, sim. Vamos torcer para dar tudo certo. Imagino que, apesar da preocupação, vocês devem estar felizes.
— Claro, sempre quisemos ter dois filhos.
— Parabéns, então. Dê um beijo na Lavínia.
— Pode deixar.

4

Disposto a pôr um fim no inquérito que apurava a morte de Helena Ferrari, o delegado Tiago Paixão chegou cedo ao Palácio da Polícia, na rua Brigadeiro Tobias, no bairro da Luz. Ali estava sediado o Departamento de Homicídios e de Proteção à Pessoa, mais conhecido pela sigla DHPP, e suas três divisões, uma das quais a Divisão de Homicídios. Compunham a divisão duas delegacias de homicídios e latrocínios, uma delas chefiada pelo delegado João do Carmo Vieira. Tiago Augusto Paixão era o delegado responsável por uma das nove equipes da delegacia de Vieira. Cada equipe contava com um delegado, sete investigadores e três escrivães. "Pouca gente para homicídios demais", era a reclamação mais constante na repartição, além das queixas contra a falta de material, os salários defasados, a politicagem e as promoções que raramente premiavam o mérito e a dedicação ao serviço público.

Dez dias haviam se passado desde o assassinato. Muito além das quarenta e oito horas que marcam usualmente o prazo para a solução dos crimes mais fáceis. Em sua sala, no quarto andar, o delegado Paixão deu uns telefonemas, conferiu a papelada que se acumulava sobre a mesa e pediu à escrivã Iracema, pau para toda obra, que reunisse o pessoal.

— Já estão todos aqui? — perguntou dez minutos depois.

— Estão, doutor.

Iracema saiu da sala e voltou trazendo mais duas cadeiras, e todos foram se ajeitando. A escrivã serviu café, que o delegado recusou com uma careta, pedindo um copo d'água, que usou para tomar uma cápsula de omeprazol. Guardava o medicamento numa gaveta junto com a pistola Taurus calibre 40. Na mesma gaveta havia ainda um pacote de camisinhas. Distribuídas por uma ONG em campanha de prevenção de doenças sexualmente transmissíveis, elas haviam ficado lá, esquecidas. "São as três coisas de que Paixão precisa para se defender dos perigos desta vida: chumbo na mão, borracha no pau e omeprazol no bucho", dissera o delegado Carmo sobre o conteúdo da gaveta. Além de seu superior no DHPP, Carmo Vieira era amigo íntimo de Paixão. "Não enche, que não estou com saco para suas brincadeirinhas sem graça", fora a resposta.

Paixão começou a reunião com um relato das novidades do caso. Havia pouco a comunicar. Passou à ordem do dia. Se o assassino pertencia ao grupo de culto organizado em torno de mãe Aninha, seria preciso conhecer um por um, saber quem eram, o que faziam, como viviam, que razões teriam para matar Helena. Se o matador fosse alguém de fora do terreiro, bem, aí a situação seria outra. O importante agora era trabalhar com a primeira possibilidade e eliminá-la, se fosse o caso. Os homens de Paixão tinham passado os últimos dias seguindo os filhos-de-santo e conversando com seus vizinhos e colegas de trabalho. Escutaram o que puderam, viram o que fora possível.

Cada investigador foi contando o que conseguira averiguar. Poucas coisas despertavam algum interesse.

— Vidas sem emoção, sem dinheiro e sem tesão — resumiu o investigador Feliciano.

— Tesão até que tem muito, o que não tem é emprego decente, quando tem algum. E não tem conforto nem sossego, como acontece com todo brasileiro pobre — remendou Vera, que representava as mulheres no time dos investigadores e gostava de se dizer parte do "povão desprivilegiado". Assim, com essas palavras.

— Concordo — intrometeu-se o escrivão Carlito, que mal sabia ligar o computador, digitava tudo errado e vivia se queixando.

— É, mas vamos deixar a sociologia de boteco para depois — disse Paixão, acendendo um cigarro, que esmagou no cinzeiro sem provar e jogou no lixo. Completou: — Vamos ficar nos fatos.

Os relatos prosseguiram, sem entusiasmo.

— Vidinhas bestas mesmo — alguém falou. — Nem sequer um motivo emocionante para matar.

Feliciano, o investigador entendido em candomblé, que gostava de fazer teoria, como dizia Paixão, especialmente desde que voltara para a faculdade com a intenção de prestar concurso para delegado, tomou a palavra:

— Tenho certeza de que lá tem muita gente capaz de tudo. O candomblé é uma religião que não proíbe o cara de ser o que quiser na vida. Não tem essa história de todo mundo ser igual e seguir as mesmas regras, todo mundo certinho. Cada um é o que é, ninguém precisa se reprimir. Até os orixás têm qualidades e defeitos.

— E daí? — perguntou Iracema.

— Daí que nem todo mundo lá é santo.

— E o que tem isso? Santos também podem matar, e matam até em nome de Deus — interferiu Vera.

— Vera tem razão. Em geral os criminosos são pessoas normais, ou aparentemente normais — falou Pirulito, que ainda não falara nada. Pirulito era o apelido do investigador Lucrécio Crespo, mas ele detestava o nome e o sobrenome e preferia ser chamado pela alcunha. Na cola de Pirulito, alguém falou:

— São as paixões comuns que matam.

— Puta que pariu! Vamos parar com isso — interrompeu Paixão. — Estão todos querendo interpretar fatos, quando fatos que é bom ninguém traz. Agora todo mundo aqui é intelectual? — Paixão procurou o maço de cigarros nos bolsos do paletó, que descansava na cadeira. Tirou um, mas não acendeu. Alisou o cabelo com as duas mãos e se voltou para seus auxiliares:

— Prestem atenção: estamos aqui para que cada um relate o que descobriu a respeito dos membros do terreiro de mãe Aninha. Só isso. Alguém ainda tem alguma coisa para contar? Na minha lista está faltando gente. Pirulito ainda não contou o que descobriu. Pode falar, seu Lucrécio.

— Lucrécio não. Pirulito — ele reclamou.

— Então fale, seu Pirulito.

— Bem, o Denílson me deu a maior canseira. Aquele, sim, é um tipo diferente. O figura é macho e fêmea, vocês não vão acreditar.

— Pois não é o filho de Oxumarê? — perguntou Feliciano, consultando uma lista com os nomes do pessoal do terreiro. — Faz o maior sentido. Oxumarê é um orixá andrógino, tem os dois sexos. E os humanos se comportam como os orixás de quem acreditam descender.

— Ah, é? Que interessante — disse Iracema.

Pirulito continuou:

— Ele tem dois empregos. É instrutor de boxe numa academia, tem até o nariz quebrado de boxeador. Trabalha dois dias por semana na academia e nos outros faz faxina em casa de família.

— Fazer faxina em casa de família, arrumar a casa, não é necessariamente trabalho feminino, seu machista — falou Iracema.

— Calma, ainda não terminei. O tal do Denílson tem duas famílias e duas casas. Mora com a mulher e três filhos numa rua do Jardim Colonial, na zona leste. É durão, mantém os filhos no maior cortado e de vez em quando dá uma surra na mulher. Não deixa a mulher trabalhar fora, é muito ciumento. Duas ruas acima, mora com um motorista de caminhão, o marido, de quem apanha muito, conforme apurei na vizinhança. O caminhoneiro parece um negão desses que carregam saco na rua Santa Rosa, o cara é imenso. Os dois criam duas meninas. Uma está com quatro anos, a outra com três. Portanto, são duas famílias completas. Não consegui descobrir qual é a matriz e qual é a filial.

— Isso sim é que é vida dupla! — Vera comentou.

— É o famoso gilete — sentenciou Canato, outro investigador da equipe.

— Olha o respeito — disse Paixão, repreendendo o investigador, embora achasse a observação apropriada. Gostava de se mostrar diferente do típico policial grosso. Afinal o pai o educara para ser juiz de direito.

Voltando à realidade, ordenou:

— Continue, Pirulito.

— O cara se divide feito um louco para dar conta de tudo e em todos os momentos livres que lhe restam vai para o terreiro, ao qual é muito dedicado. Todos lá gostam dele e parece que ninguém estranha a sua condição. Adora a mãe-de-santo e daria a vida por ela, parece incapaz de prejudicar alguém, quanto mais matar. Para mim, está fora da lista de suspeitos.

— Mas gosta de bater e de apanhar — observou Iracema.

— Bate e depois beija, apanha e perdoa. E todos vivem felizes. Violência estritamente familiar — completou Pirulito.

Em seguida relatou que um filho-de-santo chamado Cléber cumprira pena pelo artigo 157, mas que se comportava direitinho fazia algum tempo. Um outro, de nome Jorginho Primavera, companheiro de atabaque de Cléber, vivia metido em confusão, mas sempre por causa de mulher. O cara era meio tarado, queria comer tudo que era mulher. Sem que mãe Aninha soubesse, costumava tocar atabaque em outros terreiros. Não para ganhar um dinheiro extra, o que era comum entre os alabês, mas para passar a conversa nas filhas-de-santo, já que no seu próprio terreiro as mulheres não caíam mais na sua lábia. Não raro levava Cléber para tocar com ele e, mais de uma vez, os dois haviam sido expulsos a tapa pelos machos da casa. Tirando essas pequenas aventuras que nem sempre terminavam bem, Pirulito não descobrira nada que ligasse aquelas pessoas à possibilidade de matar alguém.

Por uns minutos, a reunião foi tomada pela troca de comentários animados, até que Paixão pediu atenção e retomou o controle.

— Pirulito, tem mais gente na sua lista. Toque o barco.

— Tem o... deixe ver, o Tadeu.

— Filho de Xangô, segundo a lista que fiz com mãe Aninha — conferiu o delegado nos papéis sobre a mesa.

— Isso. Tadeu é ajudante de cozinha num restaurante da alameda Tietê. Sai do serviço todos os dias por volta das quatro da tarde e vai direto para o candomblé. Quando o movimento no terreiro é pequeno, quando não tem festa nem algum preparativo mais complicado, Tadeu sai de lá por volta das sete da noite e segue diretamente para um templo pentecostal na praça Marechal Deodoro, onde fica até nove, dez horas. Depois passa num supermercado e vai para casa. Mora sozinho num quarto-e-sala na rua das Palmeiras e não se relaciona com nenhum vizinho. Repete essa rotina todo santo dia, faça chuva ou faça sol. Rapaz previsível, totalmente metódico.

— E o que um filho-de-santo vai fazer numa igreja de crentes? — perguntou Paixão.

— Vai orar, claro. Mas além disso é obreiro: ajuda o pastor a organizar o culto, acomoda os fiéis que vão chegando, participa da coleta. Ontem, por exemplo, eu estava na igreja e vi Tadeu segurar uma mulher surtada, que, segundo o pastor, estava possuída por um demônio, que ele chamava de Omulu e tentava exorcizar.

— Então não dá para entender nada. Se o cara é de candomblé, como é que freqüenta outra religião e ainda ajuda a expulsar uma entidade de terreiro? Omulu não é santo do candomblé? — perguntou Iracema.

— Omulu é o orixá da peste, santo do candomblé, sim — confirmou Feliciano.

— Não é contraditório?

— É o sincretismo, Iracema — explicou Feliciano. — Antigamente todo mundo do candomblé freqüentava a igreja católica. Hoje em dia, com tanta religião nova na praça, outros tipos de sincretismo devem estar surgindo. Esse afro-evangélico para mim é novidade, mas só pode ser isso: sincretismo.

— Mas o pastor sabe que o rapaz é filho-de-santo? — insistiu a escrivã.

— Decerto faz vista grossa, como os padres católicos sempre fizeram.

— Se já é difícil seguir uma religião, imagine duas — disse Iracema.

A reunião chegou ao fim sem outras novidades. Paixão pediu a Iracema e Carlito que fizessem a ata da reunião. Leria com calma e depois passaria ao delegado Carmo.

5

Enquanto isso, nas dependências do terreiro, mãe Aninha conversava com Fernando, e o assunto era o mesmo da delegacia de homicídios: haveria um assassino entre os filhos-de-santo?

Sentada no sofá, a mãe-de-santo enfiava miçangas num longo cordel de algodão. Sentado no chão, o médico consultava os cadernos em que a mãe-de-santo registrava os nomes de filhos e clientes, as datas das obrigações e outras informações sobre o cotidiano do terreiro. Mãe Aninha disse:

— Para mim é difícil aceitar uma coisa dessas. Um assassino entre nós.

— Mãe — disse Fernando —, também não quero pensar que um de nós poderia ter matado Helena, mas se o criminoso fez de tudo para dar ao crime a aparência de matança de candomblé, é provável que ele quisesse deixar uma mensagem, para nós ou para a polícia. Talvez *contra* nós.

— Quem sabe foi alguém que é do candomblé mas não da nossa casa, ou alguém que já foi do candomblé, aprendeu como se faz e agora usa isso para nos incriminar?

— Talvez uma pessoa que conhecemos, Mãe. Alguém do nosso convívio.

— Eu acho que conheço bem todos os meus filhos-de-santo, mas não sei se conheço mesmo. Uns vêm, outros vão, de cada dez que entram, quantos permanecem?

— Meia dúzia...

— Cada um que chega a gente recebe com o maior amor,

dá atenção, tenta integrar, procura conhecer e ajudar. Tem os que se empolgam e depois se cansam da novidade e não voltam mais. Tem os que ficam para sempre...

— E os que vão embora e depois voltam.

— Sim, meu filho, esses também.

— Candomblé é convivência, sempre faço questão de mostrar aos irmãos que entram em nossa casa-de-santo, mas nem todo mundo está disposto a compartilhar sua vida. Claro que não estou falando da intimidade, que não pode ser profanada — disse Fernando.

— Infelizmente é o que menos se respeita, a intimidade. Você sabe como fofoca e intriga me deixam aborrecida. Até já mandei gente embora por causa disso. Mas nem todo mundo faz por maldade, é mais por inocência, por falta de boa formação.

Fernando interrompeu o que estava fazendo e olhou firme para a mãe:

— Pode ser que exista entre nós alguém de má índole, alguém que agiu por pura maldade, alguém capaz de matar. Somos tantos.

Mãe Aninha estava aflita.

— Como saber? Tenho filhos que nem sei onde moram, com quem vivem, que passado têm. Por mais que eu seja a mãe, a maioria só me conta o que quer contar.

— É verdade, minha mãe. Sei de irmãos que preferem esconder do que vivem. Muitos são obrigados a fazer o pior para sobreviver, às vezes a um passo da marginalidade, às vezes dentro dela. E vai ver muitos gostam do que fazem.

— O que a criatura faz é uma coisa, o que sente é outra. Dá para condenar quem vive de fazer o trabalho sujo que os outros enjeitam? As profissões não tornam as pessoas boas nem más. Tem gente boa nas piores profissões e gente ruim nas melhores. Temos exemplos aqui em casa, não é? Mas nem por isso são bandidos.

Fernando concordou com a ialorixá:

— E não são mesmo.

— Às vezes me surpreendo com certos acontecimentos que não pude prever. Você se lembra, meu filho, quando soubemos que o Cléber de Ogum estava assaltando postos de gasolina a mão armada? Que golpe duro aquilo foi para mim! Um menino criado na barra de minha saia. E era uma criança ainda, só tinha tamanho. Bonito que só vendo.

— Foi preso e se reabilitou, felizmente. Hoje é meu braço-direito em dia de matança. Superou tudo e se transformou num homem responsável, um homem odara. Irmão devotado e grande amigo.

— Graças ao poder de Ogum, o pai dele, que também é o seu — a mãe-de-santo tocou o solo com a ponta dos dedos, que levou à fronte. O médico imitou o gesto.

— Mojubá, Ogum — ela disse, e ele repetiu.

— Mãe, vamos pensar um pouco mais se algum de nós teria um motivo forte para querer prejudicar a casa. A senhora consegue se lembrar de alguém que tenha alguma razão para não gostar da gente, não gostar da senhora, não gostar da religião dos orixás?

— Não sei dizer, não consigo. O ódio mais cruel é aquele que cresce escondido.

— Mas quem sentiria tanto ódio a ponto de querer se vingar, jogando sobre nós o rótulo de religião do demônio capaz de matar seres humanos? Quem faria isso, tendo que sacrificar a vida de uma inocente?

Antes que mãe Aninha respondesse, Júlia de Iansã entrou na sala e interrompeu a conversa. Inclinando-se para a mãe-de-santo e em seguida para o axogum, a filha-de-santo disse, de cabeça baixa:

— Agô, minha mãe. O amalá que a senhora pediu está pronto. Comprei quiabos fresquinhos e fiz do jeito que a senhora mandou, com bastante pimenta e camarão seco. Está cheiroso que só.

— Obrigada, filha. Já estamos indo.

A filha-de-santo se retirou, repetindo as mesuras de praxe.

— Vamos arriar um amalá aos pés de Xangô agora mesmo. Não podemos esperar até amanhã, quarta-feira, que é o dia dele — disse a mãe para Fernando, levantando-se.

— Por que essa urgência toda, Mãe?

— Xangô me mandou um recado, filho.

— A senhora viu nos búzios?

— Vi num sonho. Vamos ter um período difícil, que mal começou.

— Xangô nos ajude — disse Fernando, encostando a testa no chão.

— Axé — respondeu mãe Aninha, fazendo sinal para Fernando se levantar.

Ele pegou os cadernos e os depositou sobre a mesa.

— Venha comigo — ela disse.

De repente a ialorixá parecia alquebrada, aparentando mais idade do que tinha. Apoiou-se no braço do filho e suspirou.

Às onze e meia, Paixão estava sozinho em sua sala. A investigação dos filhos-de-santo de mãe Aninha não levara a nada conclusivo. Tudo indicava que seria preciso alterar a rota do inquérito e procurar longe do terreiro, mas sua intuição aconselhava o contrário. O delegado Carmo já lhe dissera várias vezes que ele seria um gênio se não se deixasse levar pela intuição. "Investigação policial é ciência, não sentimento." Paixão não estava certo disso. Por mais que tivessem investigado, achava que havia muitas coisas a serem reveladas, que só apareceriam na hora certa. Coisas que ainda não estavam maduras para se mostrar.

Além disso, era preciso ter sorte. Sorte, azar, acaso, palavras que dispensavam a necessidade de se prender à idéia de que os fatos se encadeiam necessariamente com a coerência das coisas previsíveis. Muitos casos eram solucionados pela intervenção do acaso. Às vezes, dias, meses de investigação que não levavam a nada e, de repente, um achado inusitado trazia a resposta, não raro óbvia.

6

Na tarde daquele mesmo dia, havia muitas pessoas na sala de espera. Era o primeiro dia em que mãe Aninha jogava búzios desde o jogo fatídico de dona Helena. Às terças, quartas e quintas-feiras, sempre aparecia muita gente para consultar os búzios: velhos consulentes, amigos da casa e um ou outro que vinha pela primeira vez em busca de remédio ou conforto, encaminhado por um filho da casa ou cliente. Muitos recorriam aos búzios por curiosidade, mas a mãe-de-santo usava sua mão com a mesma força para todos. Muitas de suas leituras eram memoráveis. Diziam que lia os dezesseis búzios sagrados como se estivesse diante de um livro aberto.

A sala de espera lembrava que aquela era uma casa de candomblé: quadros dos orixás nas paredes, batentes superiores das portas e janelas adornados com franjas de folha de palmeira desfiada, uma profusão de porta-retratos com instantâneos das festas.

Dez ou doze pessoas esperavam pelo jogo e eram atendidas por ordem de chegada. De vez em quando entrava alguém trazendo uma sacola com ingredientes para os ebós prescritos anteriormente. As filhas da casa levavam o material para dentro, conferindo antes se estava tudo de acordo com as listas passadas por mãe Aninha. Sem disfarçar certo constrangimento, um ou outro cliente trazia uma ave, que podia ser frango, galinha-d'angola, pata.

As conversas na sala de espera tratavam de tudo: doenças incuráveis, males de amor, brigas, desemprego, falta de dinheiro, relações familiares arruinadas, drogas corroendo a vida dos filhos. Comentavam-se as saídas buscadas, as tentativas malsucedidas. Tanto desencanto! Mas nem tudo estava perdido, pois com o jogo de mãe Aninha renasciam as esperanças. "Ah, que mulher maravilhosa, que missão divina ela tem!"

A tarde avançava e aos poucos os consulentes iam se retirando, quase todos exibindo no semblante um novo alento.

Chegou a vez de uma mulher que esperava havia horas, uma cliente que já estivera naquela sala antes, vestida com roupas simples mas caras, tímida, de seus trinta e poucos anos, bonita, sem maquiagem, cabelo curto. Ela pouco falara com os companheiros da sala de espera ou com as filhas-de-santo que entretinham as visitas com água, cafezinho e indiscrições variadas. Mas Júlia entrou na sala e foi logo dizendo:

— Mãe pede desculpa, mas não vai atender mais ninguém. Está cansada e os olhos não enxergam direito, operou de catarata outro dia...

A mulher se levantou, pôs as mãos na cabeça e soltou uma exclamação dolorida, que assustou as pessoas que ainda esperavam na sala. Sentando-se novamente, ela começou a soluçar.

— Júlia — falou mãe Aninha lá de dentro —, traga a senhora aqui. Vou ler para ela.

A filha-de-santo levou a mulher até mãe Aninha.

Ela se acalmou um pouco e foi acomodada diante da mãe-de-santo. Nenhuma das duas disse nada, além dos cumprimentos formais. A reza foi recitada e os búzios jogados sobre a mesa.

A mãe olhou para os búzios e se contraiu. "Meu pai! Vai começar tudo de novo? Que tormento." Quando falou, havia uma espécie de recusa em sua voz, como se ela mesma não aceitasse o que dizia.

— Minha filha, estou vendo a morte cruzar seu caminho.

O desespero da mulher voltou com mais intensidade,

mais choro, quase uma convulsão. A um comando de mãe Aninha, uma filha-de-santo surgiu com uma caneca contendo uma infusão.

— É um poderoso calmante natural, feito de folhas bentas — disse a mãe à mulher. — Beba e vai se sentir melhor.

A mãe-de-santo jogou os búzios muitas vezes e conversou com a cliente por mais de uma hora. A mulher foi se acalmando e mãe Aninha prometeu ajudá-la. Mãe Aninha estava exausta, seus olhos quase não enxergavam, o coração pesava no peito.

— Nesta vida tudo se ajeita, minha filha. Vamos pedir aos orixás, Xangô é grande.

Ao final, acompanhou a cliente até a porta e apertou as mãos dela entre as suas, pressionando-as contra o peito. Disse:

— Agora mesmo vamos providenciar umas coisinhas, e amanhã à tarde a senhora vai voltar. Amanhã, dia de Xangô, vamos completar as oferendas necessárias.

Enquanto conduzia a mulher de volta à sala de espera, mãe Aninha ia dando instruções a uma filha-de-santo que acudira a seu chamado:

— Nove acaçás, nove acarajés, nove pedaços de pano branco, nove porções de pipoca, nove pratos de farofa...

Será que devia telefonar ao doutor Paixão e contar que vira de novo a morte nos búzios? Mas, agindo assim, quebraria o sigilo da consulta. Não, melhor confiar nos orixás.

Na sala, disse à cliente que esperasse um momentinho e saiu. Voltou com um fio de contas brancas e disse à moça que o pusesse sob o travesseiro para acalmar o sono.

— Vá e volte em paz, minha filha. Com calma e com a ajuda dos orixás, vamos resolver tudo.

Nada pôde ser resolvido. A moça não voltou no dia seguinte nem nunca mais. Vivia sozinha num apartamento no Itaim Bibi e estava de mudança para Belo Horizonte. Pela manhã foi achada morta em sua cama pela faxineira. Tinha o pescoço cortado e o sangue se esparramara por todo o quarto. Estava nua e um laço de algodão vermelho com listras brancas lhe cingia a cintura. Folhas de sálvia entupiam sua boca.

7

No dia em que encontraram o corpo, o doutor Fernando Lupo estava no Guarujá a trabalho, mas a primeira coisa que a polícia fez depois de remover o cadáver para o IML foi bater em sua casa. O delegado Paixão foi recebido por Luísa. Ela já conhecia o policial, a quem achava simpático e bonitão. Fora interrogada por ele mais de uma vez por ocasião do assassinato de Helena. Ele se mostrara brincalhão, talvez jogando verde para colher maduro, avaliara Luísa. Chegara a dizer que um dia gostaria de se iniciar no candomblé, fazer o santo, como se diz.

Paixão chegou exibindo seu sorriso de dentes perfeitos. Devia gastar algumas horas por dia numa academia de musculação, pensou Luísa, contente por voltar a vê-lo.

— Boa tarde, Luísa. Espero que ainda se lembre de mim.

— Boa tarde, delegado Paixão. Claro que me lembro. Em que posso ajudar?

— Preciso falar com o homem da faca.

— Está procurando Fernando?

O delegado confirmou.

— Ele está no Guarujá desde ontem à tarde, fazendo plantão dobrado. Só volta amanhã. Mas por que o senhor quer falar com ele? Aconteceu alguma coisa?

— Vou dizer, mas me chame de você, por favor — disse Paixão.

— Está bem.

— Pois é, mataram mais uma cabra.

A moça ficou muda, entendeu que a história da mulher degolada se repetia. Sentiu um arrepio percorrer-lhe a espinha.

O delegado olhou bem para ela, fazendo suspense. Depois disse:

— Mataram outra mulher que foi se consultar com mãe Aninha. Me diga qual é o santo do vermelho e branco e da sálvia.

— Xangô.

— Vermelho com branco dá Xangô? Então mataram uma cabra para Xangô.

— Xangô não come cabra, come carneiro.

— Então mataram um carneiro. Preciso do endereço de seu irmão no Guarujá. Se tiver o telefone, melhor. Já tentei o celular, mas não responde.

— Quando ele está de plantão, desliga o celular, mas tente o telefone do hospital. Se for uma emergência, eles vão localizá-lo.

— Certo. Mataram outra mulher, uma economista. Degolada. O nome é Lia Casalegre. Foi jogar búzios no seu terreiro e morreu. Você sabe alguma coisa a respeito dela?

— Nunca ouvi falar. Mas você me deixou aflita, o que foi que aconteceu?

Paixão vinha do local do crime, o apartamento da vítima na rua Bandeira Paulista, no Itaim Bibi. Ela morava sozinha. A empregada diarista descobrira o corpo, e o zelador do prédio telefonara para o 190. A Polícia Militar isolara a cena do crime e comunicara a ocorrência ao 15º DP. O delegado do distrito entrara em contato com a Divisão de Homicídios do DHPP, e o superior de Paixão, pelo relato que recebera, vira que o crime também parecia um sacrifício de candomblé.

Paixão disse:

— Por enquanto só sei que o assassinato lembra o de Helena Ferrari. Parece que os dois crimes foram cometidos pela mesma pessoa. Aliás, quando vi as semelhanças, pensei em ligar para dona Aninha. Ela me disse que a moça tinha estado lá ontem.

Luísa procurava demonstrar tranqüilidade.

— Que coisa horrível!
— Preciso falar com seu irmão imediatamente — disse o delegado, num tom que Luísa não soube interpretar.
Luísa forneceu o telefone do hospital, e Paixão se despediu:
— Volto logo a falar com você. Se sair de casa, deixe recado dizendo onde posso encontrá-la. Por favor, mantenha o celular ligado.
Apesar do susto, Luísa não queria que o delegado fosse embora, mas ele já estava se despedindo. Nem deu tempo de oferecer um cafezinho, pensou ao fechar o portão. Então começou a sentir medo.

Luísa ligou imediatamente para Fernando e contou o que se passara.
— Estou com medo, Fernando.
— E é para ficar, mesmo. Se não fosse essa história das folhas na boca e do pano amarrado na cintura, talvez fosse um crime igual a centenas de outros. Mas não é. Tudo foi feito para parecer matança de obrigação.
— Mais precisamente, um sacrifício para Xangô — disse Luísa.
— Quem fez entende da coisa. E quer mostrar que não se trata de um crime qualquer, mas de matança que tem uma assinatura de gente de candomblé, a nossa assinatura. Assinatura verdadeira ou falsa, não sei, mas uma assinatura que nos compromete, não tenho dúvida.

Logo depois, Luísa ligou para mãe Aninha. Conversaram sobre a visita do delegado e mãe Aninha contou o que sabia. Disse ainda que o delegado telefonara pouco antes avisando que iria ao terreiro ainda naquele dia ou na manhã seguinte. A mãe-de-santo pediu a Luísa que fosse ao terreiro assim que pudesse. Não, Luísa não precisava se preocupar, não era nada urgente. Somente para lhe fazer um pouco de companhia. Luísa explicou que não poderia ir ao terreiro naquela noite porque tinha que dar aula, mas prometeu estar lá sem falta na manhã seguinte.

8

Antes das nove horas da quinta-feira, Luísa já estava na Freguesia do Ó. Era seu dia de rodízio no trânsito supersaturado da cidade, e seu carro não podia trafegar das sete às dez da manhã e das dezessete às vinte. Luísa preferira deixar o carro na garagem e fora de metrô da Vila Mariana à Barra Funda, onde tomara um táxi para o terreiro.

Como era o costume, Luísa entrou sem falar com ninguém, tomou banho e vestiu a roupa de ração, a que se usa no dia-a-dia nos terreiros: saia comprida e rodada, blusa larga e pano-da-costa amarrado no tronco. Tudo de algodão, bem simples. Colocou um colar ritual no pescoço e foi saudar os orixás nos quartos-de-santo. Só depois procurou mãe Aninha, que a esperava em seu quarto. Luísa prostrou-se a seus pés e beijou sua mão. A mãe-de-santo puxou-a para si e abraçou-a demoradamente. Haviam trocado umas poucas palavras quando vieram avisar que o delegado Paixão estava estacionando seu carro na frente do terreiro.

Luísa foi receber o delegado na sala. Cumprimentaram-se sem esconder a satisfação de se ver de novo.

— Parece que marcamos encontro aqui, Luísa — observou Paixão.

— É mesmo. Pena a situação...

— Tem razão. Um assassinato não é um bom motivo para duas pessoas se encontrarem.

— Mãe Aninha já vem falar com você. Por favor, fique à

vontade — disse apontando-lhe uma poltrona. — Agora, se me dá licença... — Ela ia se retirando, mas o delegado a deteve:
— Não precisa sair, Luísa, fique. Vamos conversar juntos, os três.

Mãe Aninha entrou na sala e os três se acomodaram nos sofás. Em sinal de respeito, Luísa deveria ter sentado num banquinho para ficar em posição mais baixa do que a mãe-de-santo, mas ela fez sinal para a filha sentar no sofá ao lado dela.

Paixão perguntou sobre a consulta de Lia.

— Foi a terceira ou quarta vez que ela veio jogar, pobrezinha. Os assuntos que ela trazia eu não posso dizer ao senhor, porque jogo de búzios é como confessionário e consulta médica, exige sigilo. Mas posso garantir, doutor, que era assunto pessoal desses mais comuns da vida das pessoas. Nenhum inimigo, negócio complicado, coisa ilegal, nada disso. A pobre moça só me falava de sua vida afetiva. Me contou que estava apaixonada, mas estava de mudança para outra cidade e não sabia o que fazer. Queria saber se devia ou não levar o namorado junto.

— Quando a senhora falou que estava vendo a morte, ela deu a entender que sabia do que a senhora estava falando?

— Como eu lhe disse, não posso revelar a intimidade de quem procura o oráculo, mas posso garantir que ela não me falou de nenhuma possível ligação entre o que eu vi nos búzios e a sua vida no momento. Ficou, isso sim, muito assustada.

— Estava apaixonada, a senhora disse. Por quem?

— Não me disse o nome. Só sei que era um rapaz mais novo. Ele queria ir com ela, mas ela não sabia o que fazer, se levava ele ou não, queria meu conselho. Ficamos de conversar melhor no dia seguinte, quando alguma coisa já tivesse sido feita para enfraquecer a carga negativa do odu, que é como a gente chama as caídas dos búzios. Cada odu tem caminhos bons e ruins. O caminho que vi no jogo dela era o pior daquele odu. Para mudar a situação, teria que fortalecer os caminhos bons com as oferendas apropriadas, teria que fazer o ebó certo, despachar o odu.

— Ontem a senhora me disse que ela já estava assustada quando chegou aqui, não foi?

— Pois é, parece que o nervosismo dela não tinha ligação com o odu que eu tirei no jogo. O odu da morte inesperada e violenta.

— O mesmo do jogo que a senhora fez para dona Helena Ferrari?

— O mesmo. Que Oxalá nos proteja. — A ialorixá tocou o chão com as pontas dos dedos, que depois levou à testa.

— Axé — disse Luísa, repetindo o gesto da mãe-de-santo.

— Bem, então vamos resumir assim: a senhora jogou búzios para Helena, disse que ela corria risco de vida e ela foi encontrada morta no dia seguinte. Depois a senhora jogou para Lia e a coisa se repetiu. As duas foram mortas como se fossem animais sacrificados no candomblé.

Luísa e mãe Aninha ouviam em silêncio. Estavam sentadas bem próximas uma da outra e a mãe apertou a mão da filha.

Paixão perguntou:

— Esse caminho da morte aparece no jogo freqüentemente?

— É raro, difícil, mas já tive outros casos assim.

— Seguidos de morte?

— Não, nunca tinha acontecido até agora. Sempre fizemos os ebós necessários e sempre tivemos a felicidade de contar com a misericórdia dos orixás. Nunca tinha acontecido de alguém morrer assim, de morte violenta. Que Oxalá nos proteja! A morte natural vem por doença, na velhice, morte que completa o ciclo de uma vida toda. É diferente da morte anunciada por esse odu terrível.

A mãe-de-santo parou de falar e ficou pensativa, como quem faz um grande esforço para se lembrar de alguma coisa.

Mexeu-se na poltrona, acariciou as contas leitosas do colar, suspirou. O delegado e Luísa olhavam para ela, esperando que retomasse o fio da conversa.

— Luísa, sabe o Caio da Nice de Oxum?

— Sei, mãezinha — disse Luísa. E voltando-se para o delegado: — Nice é uma filha-de-santo desta casa e Caio é seu irmão, que foi criado por ela.

A mãe explicou:

— Caio só vem aqui em uma ou outra festa, é filho de Iemanjá. Às vezes me pede para botar os búzios, mas nunca perguntou nada sobre, como dizer?, um problema importante que ele precisasse resolver. Eu joguei para ele uns dias antes da visita de dona Helena. — Mãe Aninha fez uma pausa. — Também vi a morte no jogo dele.

— Meu pai Olorum! — exclamou Luísa.

— Mas não disse nada a ele, não quis assustar o menino — continuou a mãe-de-santo. — Além do mais, Caio é moleque, não leva nada a sério, só gosta de brincar. Eu mesma achei que estava vendo errado. Felizmente nada de mau aconteceu ao menino.

Luísa disse:

— Caio esteve aqui uns dias atrás e conversei bastante com ele. Achei que ele estava muito bem. Andou doente, mas está recuperado.

— Que Oxalá conserve a vida daquele menino, que eu conheço desde pequeno. Coitadinho, tem uma doença difícil, mas se cuida direito, que nosso pai Omulu o proteja — disse a mãe.

— Axé — murmurou a filha.

A ialorixá continuou a falar, medindo as palavras. Era mulher reservada, como convém às mães-de-santo.

— Sabe, doutor Paixão, terminado o jogo, eu pessoalmente não fiz nada, mas chamei a Nice e falei a ela para despachar o odu. Ela já tem iniciação completa e pode fazer isso. Além disso, Nice e Caio têm o mesmo sangue, a relação entre eles é forte, tem o axé da ancestralidade comum. Ela fez o que precisava ser feito e fiquei tranqüila.

— Felizmente o vaticínio falhou — disse o delegado.

— O oráculo não falhou — disse Luísa —, ao contrário. Mãe viu o que estava para acontecer e leu nos búzios como o mal poderia ser evitado. O preceito para afastar a morte então foi feito pela irmã dele, seguindo as ordens e orientações de Mãe.

O delegado perguntou:

— E o rapaz não soube de nada?

— Se soube, deve ter achado graça.

— Além da senhora e da irmã dele, quem mais ficou a par dessa história?

— Eu não sabia — disse Luísa —, mas num terreiro de candomblé segredo é como dinheiro em casa de pobre, ninguém guarda.

Paixão disse:

— Pelo menos deu tudo certo com o rapaz.

O delegado tomou um pouco de água, servindo-se da bandeja que Júlia deixara na sala, e retomou a conversa:

— Parece que esse odu indesejável não é tão raro. Três vezes em poucos dias. Nesses dois casos de Helena e Lia, quem ficou sabendo do odu?

— Só eu e elas — disse a mãe.

— A senhora não comentou com ninguém, sendo uma coisa tão séria?

— De jeito nenhum, doutor Paixão. O que sai no jogo não se comenta, é segredo. Só quem está ali recebendo as mensagens dos orixás é que sabe.

— Quer dizer que aqui no mundo dos vivos, além da senhora e da pessoa que veio jogar, ninguém mais sabia que tinha dado morte, morte por causa não natural?

Mãe Aninha olhou para Luísa, como se pedisse socorro. Para o povo de candomblé é considerado falta de respeito uma filha-de-santo falar diante de sua ialorixá, intrometer-se na conversa, especialmente num tipo de assunto como aquele e, ainda por cima, diante de uma autoridade policial. Mas a mãe-de-santo apertou sua mão, e a filha entendeu que a mãe queria que ela esclarecesse ao delegado um aspecto importante da vida cotidiana nos terreiros.

— Agô, minha mãe, com sua licença — disse Luísa, voltando-se em seguida ao delegado. — Quando Mãe joga, ela pede aos filhos que estão na cozinha que preparem isso e aquilo, comidas rituais que serão oferecidas aos orixás para que eles interfiram favoravelmente no destino da pessoa.

— Sei.

— Cada odu que sai no jogo exige uma oferenda diferente. Em geral, os preparativos são feitos com calma. Mas, numa emergência, Mãe começa a despachar o odu na mesma hora, que é para não dar tempo à desgraça. E a cozinha tem que preparar as comidas que compõem o ebó. Por isso sempre tem alguém na cozinha quando Mãe joga.

— E pelas comidas que são pedidas à cozinha, quem está lá sabe o que deu no jogo — concluiu o delegado. — Pelo remédio se conhece a doença.

— Isso mesmo. Os mais velhos sabem o que cada odu exige. Faz parte da iniciação.

— Então, mãe Aninha, quando a senhora viu a morte no jogo de Helena e depois no de Lia, a cozinha foi chamada para preparar o material. E pela receita que a senhora passou, quem estava lá soube do que se tratava. Sem que a senhora tivesse dito uma palavra sequer sobre o que o jogo estava anunciando.

— E se alguém da cozinha sabe de alguma coisa — completou Luísa —, todos os demais também ficam sabendo. A cozinha é o centro de irradiação de tudo que é novidade.

Incomodado, Paixão ficou se perguntando que porra de sigilo era esse do jogo de búzios. Às duas mulheres ele disse:

— Significa que qualquer pessoa que estivesse na cozinha ou qualquer um que ouvisse um comentário saído de lá poderia ter sabido que a criatura estava destinada a morrer imediatamente. Poderia até dar uma mãozinha ao destino e despachar a infeliz para o outro mundo.

— Mas por que alguém faria uma barbaridade dessas? — perguntou a mãe.

O delegado permaneceu no terreiro mais umas duas horas. Júlia trouxe uma bandeja com sucos e acarajés quentinhos recheados de vatapá. Paixão comeu, tomou muitas notas, fez listas e listas de nomes, andou pelas dependências do terreiro e tomou café na cozinha.

Aos poucos sua presença foi deixando de incomodar. Os filhos-de-santo, despreocupados, executavam suas tarefas de manutenção do terreiro, limpando, arrumando, preparando oferendas. Paixão já os chamava pelo nome, mostrava-se interessado no que estavam fazendo e procurava conversar com cada um sobre coisas que pareciam não ter importância. Disse a Luísa que assim que Fernando voltasse do Guarujá queria conversar com os dois.

Quando Paixão estava para se retirar, Luísa já estava vestida para voltar para casa, e ele lhe ofereceu uma carona. Podia deixá-la numa estação do metrô.

— Você me faz companhia e a gente conversa um pouco — ele disse.

Ela aceitou.

Ao se despedir da mãe-de-santo, o delegado perguntou a Luísa quais eram as palavras de cumprimento na língua do candomblé. Ela ensinou, e ele disse para mãe Aninha:

— Mojubá.

— Axé, mojubá! — ela retribuiu o cumprimento.

9

O delegado Paixão guiava pela avenida Tiradentes, aproximando-se do DHPP. Luísa pediu que ele a deixasse na estação Luz do metrô. Ele insistiu em levá-la até em casa, mas ela recusou. De metrô chegaria mais rápido e o liberaria mais cedo para cuidar da investigação.

Antes que ela descesse do carro, ele disse:

— Ia perguntar a mãe Aninha, mas acabei me esquecendo. A doença séria de Caio, o que é?

— Ele é asmático. Desde pequeno.

Fazia muito calor quando Paixão deixou o carro no edifício-garagem da polícia. Estava suado e gostaria de poder tomar um banho. Ao menos tirara o paletó e afrouxara a gravata. Ajeitou-se ao entrar no prédio do DHPP. Quando chegou ao quarto andar, a escrivã Iracema lhe disse que o delegado Carmo Vieira estava à sua espera. Iracema era velha amiga, colega desde os tempos em que os dois trabalhavam com Vieira no 103º DP, em Itaquera, no começo da carreira policial. A pressão estava começando, pensou. A cabeça doía, e Paixão engoliu um paracetamol antes de ir para sua sala.

O delegado Carmo Vieira, titular da Delegacia Sul de Homicídios, estava sentado na cadeira de Paixão.

— A que devo a honra? — disse Paixão, acenando para que ele permanecesse sentado.

— As mortes da macumba, quero saber como vão as

investigações. Aliás, todo mundo quer saber, até o governador. Seria bom que você andasse com o celular ligado. Faz mais de duas horas que estou tentando falar com você.

— Acabou a bateria. Eu estava numa diligência.

— Será que você pode me fazer um relato breve da investigação dos três assassinatos?

— Dois — corrigiu Paixão.

— Agora são três — disse Carmo.

— Três? — O delegado Paixão sentou-se na poltrona de couro ao lado da mesa, massageando as têmporas com as pontas dos dedos. — Me conte — ele disse.

— Um rapaz, dezessete anos. Encontrado morto num cortiço na Bela Vista, onde morava com a irmã. As mesmas características dos outros dois assassinatos, só que um pouco mais sórdido. O rapaz foi castrado antes de ser degolado.

— Capeta! Então temos mesmo um terceiro caso — foi o que Paixão conseguiu dizer. Estava desnorteado pela novidade, a descrição do jogo que mãe Aninha fizera para o rapaz latejava em sua cabeça. Perguntou, já sabendo a resposta: — A vítima se chamaria, hã... Caio?

— Caio Antônio Ferreira.

— Puta que pariu! Mais uma morte escrita nos búzios. Mãe Aninha acaba de me contar que viu morte nos búzios de um freqüentador esporádico do terreiro, Caio. Achávamos que não ia acontecer nada com ele. Eu ia justamente agora mandar alguém atrás dele para ter certeza.

— Tarde demais. Então a mãe-de-santo contou que viu a morte do rapaz nos búzios?

— Foi, mas não disse nada a ele. Contou à irmã, Nice, filha-de-santo do terreiro. A irmã fez os despachos para o santo proteger o garoto. Mas isso aconteceu há vários dias, e o caso já estava meio esquecido. Foi antes da consulta de Helena.

— Você vê alguma conexão entre os três assassinatos?

— Só o candomblé.

— As vítimas se conheciam?
— Ainda não sei.
— Estranha essa ligação entre o jogo de búzios e a morte dos três. Não acredito que a mãe-de-santo tenha realmente previsto as mortes. Alguém deve ter sabido do que ela disse às três vítimas e se aproveitou das supostas profecias para matar. Alguém que soube do anúncio da morte pelo jogo da mãe-de-santo. Quem pode ter sido?
— Muita gente podia estar informada. Embora a mãe-de-santo insista que o resultado de um jogo é mantido sob sigilo, como uma confissão feita a um padre, o fato é que as pessoas do terreiro ficam sabendo quase na mesma hora. Aliás, não demora e os membros de outros terreiros também ficam sabendo, pois os praticantes do candomblé se consideram parentes uns dos outros, e as notícias voam. Uma verdadeira rede de novidades e intrigas cuida disso.
— Será que o assassino faz parte dessa rede de informação? E mata quem o jogo de búzios indica? — disse Carmo.
— Talvez, mas saber quem é ele...
— Desenrolar essas tramas dá trabalho, mas sempre tem um nó solto. Pelo jeito os crimes foram cometidos por alguém do candomblé. Alguém do terreiro de dona Aninha ou mesmo de outro terreiro. Também pode ser alguém de fora da religião querendo incriminar o pessoal do candomblé.
— Também acho, Carmo, mas nesse caso é gente demais. O assassino poderia ser qualquer um...
Carmo concordou, e Paixão prosseguiu:
— Provavelmente as vítimas morreram porque a mãe-de-santo disse que elas corriam risco de vida, e não por serem quem eram. Acho que o assassino quer chamar a atenção para o candomblé e mata os clientes de mãe Aninha que recebem o vaticínio de morte, sejam eles quem forem.
— Mas aí ele dependeria do aparecimento do anúncio fatídico num jogo. Isso é, dependeria do acaso.
— Isso é verdade.

— E se for uma armação, se mãe Aninha for cúmplice?
— Tenho certeza que ela está limpa — disse Paixão.
— Baseado em quê?
— Eu sinto isso.
— É só um sentimento? Uma intuição?
— É.
O delegado titular se levantou. Não ia discutir de novo os métodos de Paixão. Disse:
— Tenho uma reunião agora com Campello e Ferrante, eles querem saber as novidades. — Flávio Campello era o delegado divisionário, chefiava a Divisão de Homicídios, que reunia as duas delegacias de homicídios e latrocínios. Alberto Pais Ferrante era o diretor do DHPP, superior de todos eles. A cúpula da polícia de homicídios na capital. Carmo concluiu:
— E tem um desembargador interessado no caso, um amigo do governador.
— Eu sei.
— O homem não quer a imprensa nisso. Parece que é amigo da mãe do terreiro.
— Acho impossível impedir que a imprensa divulgue.
— Também acho, mas vamos dificultar. Você vai agora para o local do crime, não é? Feliciano está lá, com o pessoal da perícia. Quando recebemos o informe do 79 DP, ele já sacou que era mais um caso do maníaco do candomblé. Me mantenha informado. A coisa vai esquentar.

A situação não ia nada bem, Paixão não tinha nenhuma pista, e já havia três mortos. Com o assassinato de Caio, o homicida levara a morte para mais perto do terreiro, atingindo alguém que era quase um membro da casa. Aonde queria chegar? Antes no terreiro só havia suspeitos, agora também havia uma vítima.
Iracema entrou na sala com o lanche que buscara para ele no café Trópico. Paixão se sentia um pouco enjoado.

Tomou um comprimido de um antiemético e perguntou a Iracema:
— Por que você não me disse que havia mais um morto?
— Pensei que já soubesse.
— O Carmo me pegou de calça curta.
— Mas ele não foi legal?
— Ele é sempre legal comigo.
Haviam feito a faculdade de direito juntos, e Carmo tinha morado na casa de Paixão quando os dois eram estudantes. Paixão era padrinho de casamento de Carmo e padrinho de seu primeiro filho. Mesmo assim, Paixão se sentira fazendo papel de bobo ao não saber que já havia três defuntos. Carmo era ótima pessoa, mas tinha uma fraqueza: fazia questão de deixar claro que ele era o chefe. Isso deixava Paixão doido.

Paixão engolia sem mastigar.
— Assim vai acabar tendo uma úlcera — disse Iracema.
Paixão acabou seu lanche e disse à escrivã:
— Me consiga uma viatura e venha comigo. Chame o Pirulito, ele vai também. Vamos lá ver o que fizeram com o garoto.

10

Paixão conseguiu falar com Fernando no Guarujá e marcou encontro com ele e Luísa na casa deles. Os dois conversaram rapidamente pelo telefone sobre a morte de Caio. Para Fernando, a notícia fora um choque mais forte que o da morte das duas mulheres. Conhecia Caio havia muitos anos. Não gostava dele, mas ele era quase da família, irmão de Nice, filha-de-santo de mãe Aninha. O garoto era um marginalzinho e talvez estivesse metido em alguma encrenca, era a opinião de Fernando.

Ao desligar o telefone, Fernando passou em revista o que sabia e o que pensava de Caio. Nice adorava o irmão, que criara, e era muito ciumenta. Mesmo odiando a vida que ele levava, dizia para si mesma que talvez fosse coisa da idade. Que depois ele criaria juízo. Não que Fernando tivesse alguma coisa contra quem se prostitui para viver, mas é uma ocupação de alto risco, em todos os sentidos. Todo mundo, no terreiro, sabia da ocupação do rapaz, mas ninguém dava importância. Fernando se lembrava que, um ano, um ano e meio antes, houvera uma onda de comentários, alguns bem maldosos, mas depois não se falara mais nada. Quase todos gostavam de Caio. Ele era bonito, alto, tinha o corpo sarado e estava sempre alegre. Para Fernando, ele era um michezinho muito do vagabundo; para Nice, era tudo. Não estava certo se Nice um dia conseguiria se recuperar do golpe.

Fernando chegou em casa um pouco antes do delegado. Luísa esperava por ele, ansiosa para conversar sobre a nova morte. Haviam se falado pelo telefone, e Luísa chorara bastante. O delegado Paixão lhe contara pormenores que seu irmão ainda desconhecia.

— E a gente pensava que o pesadelo tinha acabado — disse Fernando. — Parece que a coisa é ainda pior.

— O assassino fez um trabalho de especialista. Detalhes que só um axogum bem treinado conhece. Não poupou requintes.

— Mas sua perversão não tem nada a ver com a prática de um axogum verdadeiro — disse Fernando.

— Claro que não!

— Esse assassino é uma fera enfurecida. Mais que uma agressão à nossa religião, essa paródia odienta do sacrifício aos orixás é uma afronta ao respeito pela vida humana. É coisa de um monstro.

— É o que ele é: um monstro.

Paixão chegou na hora marcada.

Os pormenores do assassinato eram horríveis. Caio fora encontrado nu, com o pescoço cortado, como as outras vítimas. Estava na cama, e havia sangue por toda parte. Caio tinha uma faixa de cetim azul-esverdeada amarrada na cintura e folhas de colônia na boca. Seus genitais haviam sido decepados e depositados ao pé da cama dentro de um alguidar. Fernando ia ajudando Paixão a entender os elementos presentes na cena do crime, pois muitos deles eram típicos da cultura do candomblé. No alguidar, ao pênis e aos bagos decepados, o assassino juntara cinco ovos de galinha inteiros e banhara tudo com azeite-de-dendê, como numa oferenda às mães ancestrais, assunto e rito tabus até para quem era do candomblé mas tinha poucos anos de iniciação, explicou Fernando.

— Quem fez essa atrocidade é um provocador. Não tenho

dúvida de que ele quis dizer: "Eu entendo de candomblé" — disse Fernando.

A conversa se prolongava e os três sentiram fome. Paixão queria continuar conversando. Achava que os irmãos podiam lhe dar muitas informações úteis à investigação. Além disso, sentia muito prazer em estar ali. Acabaram pedindo pizza e refrigerantes pelo telefone.

Ainda à mesa, Paixão fez muitas perguntas sobre o candomblé e o terreiro de mãe Aninha, sem adotar o tom de interrogatório. Luísa achou-o sincero em seu interesse pela religião e pelo povo-de-santo. Como ela entrara no candomblé? Foi Luísa ou Fernando que entrara primeiro? Paixão disse que gostava do ritual do candomblé e que, anos antes, chegara a freqüentar por pouco tempo um terreiro. Mas o que acontecera lá o fizera afastar-se, decepcionado.

— Desde pequena tenho uma relação especial com o mundo espiritual — contou Luísa. — Procurei vários caminhos e um dia conheci mãe Aninha. No começo senti uma certa resistência em casa, mas meu pai é um homem tolerante e aceitou minha escolha. Não tivemos educação religiosa em casa. Meus outros dois irmãos, Francisco e Rita, não gostam de religião, muito menos de candomblé. Sempre que tocamos no assunto, Francisco diz que, em vez de a gente gastar nosso dinheiro com as obrigações aos orixás, seria melhor fundar uma igreja pentecostal, que assim a gente enriquecia. Ele fala isso brincando, claro. Rita, apesar de também não gostar, defende que cada um faça suas próprias escolhas.

— E Fernando, quando entrou?

— Fernando foi comigo uma vez ao terreiro, logo que comecei a freqüentar; gostou, acabou se envolvendo e ficou. Logo ganhou um cargo importante. Você sabe que ele é o axogum, o açougueiro dos orixás, como a gente costuma brincar. Médicos dão bons axoguns, sabem onde cortar. — Luísa riu.

Paixão percebeu um leve mal-estar no sorriso de Fernando.

— Pois então vamos falar da matança — disse o delegado.
Foram para a sala. Acomodaram-se. Paixão pediu licença para fumar, "um cigarrinho só, estou tentando parar de fumar". Em seguida disse:
— O código ritual do candomblé é muito complexo, são muitos os detalhes. É por isso que preciso de vocês para esclarecer esses assassinatos. Além do mais, eu confio em vocês.
Fernando pensou que o delegado demonstrava confiar nele, sim, mas depois que seus álibis eram confirmados! Afinal, mal se conheciam e ele vinha dizer que confiava neles. Devia ter alguma razão para agir assim. Quem sabe não estaria lhes preparando uma armadilha? Paixão estava dizendo:
— Simpatizo com mãe Aninha e temo que os acontecimentos afetem drasticamente o funcionamento do terreiro. Mas, voltando a nosso assunto, o terceiro crime foi cometido como se fosse um sacrifício para Iemanjá?
— Iemanjá Ogunté, para ser mais preciso — disse Fernando. — Iemanjá em geral come ovelha, mas com Iemanjá Ogunté é diferente. Iemanjá, como a Nossa Senhora dos católicos, tem várias invocações. Iemanjá Ogunté, Iemanjá Sabá, Nossa Senhora da Conceição, Nossa Senhora do Carmo...
— Sei.
— Para Iemanjá Ogunté, que é guerreira, é costume sacrificar um carneiro. Mas o carneiro tem que ser castrado logo antes do abate. Os orixás masculinos comem animais machos e os orixás femininos, fêmeas. Sacrificar um macho não castrado para Ogunté seria inadequado à sua condição feminina.
O delegado mostrou que estava informado:
— Quando telefonei para marcar este encontro, Luísa me contou que a faixa azul da cor do mar e as folhas de colônia mostram que o assassino preparou a cena como se fosse um sacrifício a Iemanjá. Paralelamente, com os órgãos genitais decepados, montou na tigela uma oferenda às mães ancestrais, certo?

— As grandes mães que chamamos de Iá Mi Oxorongá, as mães ancestrais da humanidade — disse Fernando.
— O assassino conhece mesmo os detalhes. Quem mais no terreiro sabe esses pormenores todos?
— Dos filhos mais velhos, quase todo mundo. E qualquer um que tenha interesse e saiba ler. Basta entrar numa livraria ou numa casa de umbanda e comprar um livro sobre sacrifícios e oferendas nas religiões afro-brasileiras — disse o médico.
— Então qualquer um pode aprender sozinho — disse o delegado. — Mesmo não pertencendo ao candomblé.
— Certo, mas se o assassino não for do candomblé, a qualquer momento acaba cometendo um erro — disse Fernando. — O mais importante não está nos livros; se aprende no dia-a-dia, praticando.
— Foi o que pensei.
Nesse momento a campainha tocou.
Paixão disse:
— Deve ser um mensageiro trazendo umas fotos que pedi. Ainda não estavam prontas quando saí da Homicídios, e eu não queria me atrasar.
Luísa foi atender e voltou com um envelope pardo, que entregou para Paixão.
— Vamos examinar juntos as fotos das cenas dos três crimes. As de Caio eu ainda não vi — disse o delegado, pondo discretamente uma pastilha na boca.
Paixão tirou várias fotografias do envelope e as dispôs na mesa. Nas imagens, predominava o tom marrom-avermelhado do sangue seco. As do terceiro morto eram as piores. Fernando estava habituado às carnificinas que deságuam nos prontos-socorros, mas Luísa sentiu-se mal e teve de correr ao banheiro. Estava pálida ao voltar para a sala.
— Pelo jeito como o sangue se espalhou, o perito afirma que ele foi castrado antes de ser degolado.
— Vejam a foto do alguidar com o sexo. Parece mesmo obrigação?

— Parece, parece mesmo. Na verdade, independentemente do orixá que recebe o sacrifício, quando se mata um quadrúpede as patas e demais extremidades, inclusive os órgãos genitais do macho, são oferecidas às mães ancestrais num alguidar como esse, com ovos e azeite-de-dendê. O assassino não amputou os pés e as mãos do rapaz. Mas isso não seria nada fácil, se o bandido não for açougueiro e não entender de anatomia. Fora isso, o ebó está perfeito, o desgraçado sabe o que faz — disse Fernando.

— E isso pode ser aprendido em livro?

— Acho que não. Algum de seus homens mexeu na vasilha? — indagou Fernando.

O delegado negou.

— A Polícia Militar, que chega primeiro ao local, isola tudo. A cena do crime fica intacta até a chegada da perícia.

— Vejam aqui no alguidar como essas folhas foram arrumadas. Sabe que folhas são? — perguntou Fernando.

— Ainda não tenho a confirmação da polícia científica, mas parece que é capim-cidreira.

— Capim-cidreira é a folha apropriada. Aquela folha comprida como uma fita, áspera e cheirosa, folha de Oxóssi, de Xangô e das mães ancestrais. Mas olhem aqui na foto: as folhas foram torcidas e arrumadas num círculo dentro do alguidar, exatamente como manda o ritual. Ninguém aprende isso nos livros, acho que não.

— Só saberia fazer quem viu fazer muitas vezes, ou quem costuma fazer — completou Luísa.

— Então vocês acham que o assassino é alguém de dentro? — O delegado tirou do bolso um cigarro que não acendeu.

— Pode ser alguém de dentro, sim, alguém que conhece bem o ritual — disse Fernando.

— Ou que já foi de dentro. Alguém que era do candomblé, aprendeu os ritos e depois abandonou a religião — acrescentou Luísa.

— E que retorna agora para algum acerto de contas? —

completou o delegado, olhando para o cigarro não aceso que rolava entre os dedos.

— Pode fumar — disse Luísa, incentivando Paixão com um sorriso.

— Obrigado, mas é melhor não. Estou parando. E mãe Aninha, ela tem inimigos? Alguém que lhe guarde rancor?

— Não que eu saiba — disse Fernando. Já respondera essa pergunta antes, várias vezes.

— Alguém que quisesse se vingar, por alguma razão? — Paixão insistiu.

— Não. Desconheço — repetiu Fernando.

— Se lembrarem de alguém, algum desafeto disposto a prejudicar mãe Aninha, me digam.

Houve um momento de silêncio.

Luísa propôs:

— Que tal um conhaque para aliviar a tensão?

— Aceito — disse Paixão.

Deixaram as fotos de lado e se serviram da bebida. Paixão puxou a conversa para outro rumo.

— Esse Caio? Era irmão de uma filha do terreiro, certo?

— Irmão da Nice, Cleonice, que é uma irmã-de-santo nossa muito querida. Mas Caio não era iniciado na religião.

— Sei que o rapaz não era do santo, mas consultava os búzios com dona Aninha.

— Às vezes; muitos consultam.

— E vivia com a irmã num cortiço da rua Conde de São Joaquim, na Bela Vista?

— Isso.

— Onde foi morto.

— É.

— Fernando, você está muito reticente. Eu preciso mesmo de sua colaboração. Afinal, estamos no mesmo barco ou não estamos?

— São essas mortes sobre nossa cabeça. Me deixam assim, meio bobo.

— É compreensível, não queria estar na pele de vocês.
— Imaginem Mãe, coitada. Vamos dar um pulinho lá depois, Fernando? — propôs Luísa ao irmão. — Já está meio tarde, mas...
— Acho que devíamos ir e ficar lá esta noite. Ela deve estar precisando de companhia.
— Boa idéia — disse o delegado Paixão. — Talvez fosse melhor trazê-la para cá por uns dias. A imprensa vai invadir o terreiro, não tenho a menor dúvida.
— Não sei se ela vai querer deixar o terreiro, com essa crise toda. Além do mais, Nice está lá com ela. Mãe não quer que ela fique sozinha em sua casa, pelo menos por enquanto. Eu gostaria de ir também para dar um abraço em Nice, para que ela saiba que não está sozinha.
— Vamos, sim — disse Fernando.
— Vocês cuidam disso, mas me avisem. Preciso saber onde mãe Aninha vai estar nos próximos dias. Agora, voltando ao Caio, ele tinha um trabalho, estudava?
— Ele tinha o trabalho dele, não deixa de ser um trabalho. Caio fazia michê, era prostituto — disse Fernando. — Muita gente sabia, talvez já lhe tenham dito.
— Eu não sabia. Quer dizer que Caio era garoto de programa?
— Era.
— E onde fazia ponto? Punha anúncio em jornal?
— Isso eu não sei. Talvez Luísa saiba.
— Também não sei. Nunca conversamos sobre a vida de garoto de programa que ele levava. Sabe como é, esses joguinhos de faz-de-conta que acabamos mantendo para facilitar as coisas. O que eu sei foi Nice que me contou, num de seus desabafos. Era louca pelo irmão, vivia preocupada.
— O garoto devia ter um círculo de amizades, colegas, lugares que freqüentava. Não encontramos nenhum caderninho de endereços, e o celular dele era novo, poucos registros de números e de chamadas, nada que ajude.

— E Nice?
— Até agora não consegui falar direito com ela. Chora sem parar.
— Dá para entender, coitada. Caio era tudo o que ela tinha — Luísa enxugou os olhos.
— Algum lugar ele devia freqüentar — insistiu Paixão.
Luísa disse:
— Na última vez que falei com ele, contou que ia todas as tardes ao shopping Bixiga.
— Que é sabidamente um território GLS — observou o delegado. — Pelo menos desde que perdeu uma ação na justiça e teve que dar uma festa a um casal gay que havia sido repreendido por um segurança por se beijar em público. Caio era prostituto gay?
— Acho que sim — disse Fernando.
— Não vai ser difícil tirar isso a limpo. Faz sentido que ele freqüentasse um shopping center, menor de idade que era. Se fosse maior, poderia fazer programas numa sauna. Caio estudava?
— Nice dizia que ele ia retomar os estudos. Mas Caio sempre adiava a volta à escola.
— Ele certamente não dependia financeiramente da irmã — disse Paixão.
— Caio usava roupas vistosas, tênis de marca famosa — disse Luísa. — Coisas que Nice não poderia comprar. Ela é auxiliar de enfermagem na Santa Casa. Trabalha no centro cirúrgico, mas sem função especializada. É enfermeira circulante, corre de um lado para o outro buscando o que os cirurgiões requisitam, nunca está no mesmo lugar; o salário é baixo. E Caio era muito exigente. Não faz muito tempo Nice me contou que descobrira no Bom Retiro uma loja de ponta de estoque de marcas famosas e que comprara para Caio uma calça que ele estava querendo. Ele quis saber onde ela fizera a compra para trocar a calça por uma de número menor, que achava que lhe serviria melhor. Ela deu o endereço e ele foi

trocar, mas voltou de lá furioso e atirou a calça na cara dela, dizendo que não ia usar uma roupa com defeito comprada com desconto.

— O rapaz era difícil — disse Paixão.

— Difícil com a irmã. Com os outros era a sedução em pessoa — disse Fernando.

— Lembram de mais alguma coisa sobre os costumes do rapaz? — perguntou Paixão.

— Caio fazia musculação numa academia cara, me contou que ia lá todas as manhãs — disse Luísa. — Se não me engano, aquela perto do Conjunto Nacional, na Paulista.

— Essa mesmo — confirmou Fernando. — Quando eu fazia condicionamento físico lá, encontrei Caio algumas vezes. Mas isso faz uns seis, sete meses.

— Vou mandar um investigador falar com o pessoal da academia. Eles podem dizer alguma coisa mais que ajude.

Paixão pegou o envelope e começou a recolher as fotos, perguntando aos irmãos se eles iam para a Freguesia do Ó.

— Vamos, sim.

— Então é melhor eu me despedir. — Levantou-se. — Falo com vocês amanhã.

No meio das despedidas, Paixão pareceu lembrar-se de alguma coisa. Perguntou:

— Pelo que vocês me explicaram, os orixás masculinos recebem em sacrifício animais machos, e os femininos, animais fêmeas, certo?

— Isso mesmo — confirmou Fernando. — Exceto no caso de Oxumarê e Logum Edé, que gostam dos dois sexos, e de Oxalá, que come caracóis hermafroditas.

— Mas o criminoso deu uma ovelha para Xangô, matou uma mulher, Lia: bicho fêmea para orixá macho. Ele não teria cometido aí um erro ritual?

— Não. É que, apesar da festejada masculinidade de Xangô — explicou Fernando —, uma de suas manifestações é do sexo feminino, embora pouco se fale disso. Em muitas estatuetas africanas Xangô é representado com seios tão grandes como os de Iemanjá. E em Cuba é sincretizado com santa Bárbara.

— Interessante.

Luísa acompanhou o delegado até o portão. Do carro em movimento, ele acenou para ela. Luísa acenou de volta e esperou até o carro sumir na esquina.

11

Na rua Brigadeiro Tobias, por volta das nove horas da manhã, com um copo de café na mão, o titular da Delegacia Sul de Homicídios e Latrocínios, delegado Carmo Vieira, entrou sem bater na sala do delegado Tiago Paixão e perguntou:

— Então, o que temos de novo?

— Apenas que o garoto que foi capado era michê — respondeu Paixão, levantando os olhos dos papéis sobre a mesa.

— Então perdeu os instrumentos de trabalho.

— Brincadeira fora de hora.

— Levantou mal-humorado?

— Se tem uma coisa que não me acontece é acordar de mau humor. Estou é com uma puta dor de cabeça.

— Sei — disse Carmo, olhando para a porta da sala, que se abria.

Iracema entrou com um copo de água, que deixou sobre a mesa. Paixão tirou um paracetamol da caixinha da gaveta e tomou.

Carmo continuou:

— Você descobriu mais alguma coisa em comum entre as vítimas, além do *modus operandi* do homicida? Claro, não estou esquecendo que os três foram avisados da morte iminente pela mãe-de-santo. Ela é o ponto de união das três mortes.

— Pelo menos é o que querem que pareça — disse Paixão.

— Mas tem que haver mais alguma coisa em comum...

— Além do jogo de mãe Aninha, não encontramos mais

nada que junte os três. Por enquanto. Minha equipe inteira está conversando com Deus e o mundo. Familiares, vizinhos, pessoal do terreiro.

— Vamos trabalhar um pouco mais sobre a hipótese de que as vítimas foram escolhidas somente porque a previsão da mãe-de-santo apontou para elas. Supondo que poderia ser qualquer um, que o importante era matar e pôr o candomblé em evidência, para atingir a mãe-de-santo. Que o assassino quer atingir a mãe-de-santo e que os mortos são circunstanciais.

— Mas se for isso, precisamos encontrar um motivo para a agressão indireta à mãe-de-santo e ao terreiro.

— Pois trate de achar logo o motivo. Sinto lhe dizer que o Campello, nosso querido e valoroso delegado divisionário, está de olho nos assassinatos. Temo que ele tire o doce de sua boca e resolva que a Divisão de Homicídios se ocupe do caso, com ele à frente, claro. Daqui a pouco, o Ferrante também vai querer deslocar as investigações para a chefia do DHPP. Os assassinatos vão virar notícia grande, assim que a imprensa ficar sabendo dessa coisa de sacrifício.

— É, o tema é quentíssimo.

— Cada um vai querer levar o seu. O objetivo do Campello é dirigir o DHPP, e ele não esconde isso de ninguém. Precisa aumentar seu prestígio com o secretário de Segurança. Para o Ferrante, a direção do DHPP é pouco: quer o posto de secretário de Segurança. Precisa de cacife para se garantir com o governador. Quando a notícia estourar, meu caro, vai todo mundo para a televisão. E não só os da polícia: tudo quanto é cientista social e psicólogo também vai querer se meter.

— Não quero nem pensar.

— Por falar nisso, acho bom você dar um telefonema para o Mércio Pompeu.

— O sociólogo que fez a faculdade de direito com a gente?

— Ele mesmo. O centro de pesquisas dele na USP aparece o tempo todo nos jornais. Tem credibilidade. Passe algumas informações quentes para o Mércio que ele transforma tudo em material científico. Nada de senso comum e intuições banais. A gente reelabora e solta. Os jornais vão querer a nossa versão. Vamos nos preparar desde já.

— É, essa porra vai gastar muita tinta de jornal.
— Imagine só: religião, sacrifício humano...
— E sexo... Sexo, assassinato e religião, que tripé, hein?
— Não tem fórmula melhor para um sucesso de mídia. E vai desabar tudo em cima do candomblé.
— Não sabia que você tinha simpatia pelo candomblé.
— E não tenho. Nem acho que seja religião, é magia pura, seita. A freqüência é a pior possível: o baixo mundo, o lixo da sociedade. Como em outras das tais religiões populares...

Paixão levantou as sobrancelhas, surpreso com a sinceridade do outro. Carmo continuou:

— Mas o que eu acho não vem ao caso. De um modo ou de outro, vamos ter que proteger essa gente de terreiro. Achar logo o culpado, ou culpados. Que é assassinato em série, não temos mais dúvidas. Se não pegarmos logo esse maluco que gosta de cortar pescoço, e cacete, vai aparecer imitador. Sempre aparece. A imitação é um bom motivo para o crime. Vai ter sacrifício à beça.

— Além disso, os evangélicos não vão perder a oportunidade de atacar os seguidores do candomblé, que para eles é o inimigo principal. Agora eles têm o motivo que pediram a Deus. Os assassinatos podem se transformar numa guerra religiosa.

— Você acha mesmo?
— Acho.

O delegado Carmo andava de lá para cá, o copo de café vazio na mão. Pôs o copo no peitoril da janela e disse:

— Vi as fotos que você me mandou. Achei tudo arrumadinho demais. Nenhum sinal de luta? Como é que alguém passa a faca no pescoço do outro e o outro não reage?

— Não havia sinais de luta nos locais nem marcas nos corpos. Não houve resistência em nenhum dos três casos.

— E os três foram despidos *antes* da degola?
— Os três.
— Há sinais de imobilização com uso de cordas, pancada na cabeça?
— Nada. Nenhum hematoma, nenhum indício de alguma violência preliminar. Morreram quietinhos.
— Sem reagir?
— É o que tudo indica. O bicho quando abocanha as folhas aceita o sacrifício.
— O quê?
— Só estou me lembrando do sacrifício no candomblé. Eles devem ter sido drogados. Quando saquei esse detalhe, pedi ao IML um exame toxicológico completo. Não queriam fazer, falta de tempo, de gente, o cacete. Insisti, falei com o patologista de plantão, mandei fax. Eles se convenceram.
— Ninguém aceita uma faca no pescoço sem reagir. É instintivo. E as roupas que as vítimas usavam antes de serem postas fora de combate, vocês encontraram?
— Nos três casos estavam dobradas em cima de uma cadeira. Os sapatos arrumados ao lado. Esse bandido gosta de ordem. Dá para ver nas fotos.
— Algum objeto roubado?
— Aparentemente não. Só tirou a vida, mesmo.
— E o pinto e os colhões do rapaz.
— Que, na verdade, não chegou a roubar: cortou e deixou lá.
— A arma do crime foi encontrada?
— Não. Em nenhum dos três assassinatos.
— Feliciano me disse que, no candomblé, o animal tem que aceitar o sacrifício para então ser morto.
— É como eu dizia: dão folhas para ele comer, se ele abocanha, já era. Aceita ser sacrificado.
— Interessante. Os que matam o animal precisam acreditar que ele concorda em morrer. Com isso afasta-se a culpa pela morte do animal sacrificado. Os rituais são ardilosos.

— Certo.
— Vai ver que o assassino queria se sentir inocente dessas mortes e, por isso, repetiu o ritual das folhas.
— Faz sentido.
— O seu informante lá do candomblé, o médico açougueiro...
— Fernando Amaro Lupo.
— Ele lhe disse, por acaso, se dopa ou não o animal que vai matar?
— Ele me disse, sim. Eu perguntei. Eles dopam o animal só quando a oferenda é para Nanã.
— Eles dão o que para o bicho?
— Uma mistura feita com certas folhas. Passei para a polícia científica a relação das folhas que Fernando me fez. Vamos esperar o resultado.
— E o bicho morre?
— O bicho cai anestesiado e é sangrado com uma lâmina de bambu.
— Bem complicada, essa gentinha.
— Gentinha por quê? Lá tem muita gente bacana.
— Quem? O médico e a irmã dele? Você já está arrastando suas asinhas para a moça?
— Não é nada disso, porra!
— Não precisa se exaltar. Eu sei que também tem gente bacana. Mas, voltando ao que interessa, as três vítimas foram mortas em seus quartos, não é?
— Isso.
— E ninguém viu nem ouviu nada.
— Ninguém. Pelo menos até onde sabemos.
— Quem é esse degolador? O homem invisível?
— O fato é que não houve arrombamento, nenhum barulho nem gritaria. Se o matador entrou no silêncio da noite sem ser repelido, então só pode ter entrado com o consentimento da vítima e depois agiu com a maior tranqüilidade. Helena estava praticamente sozinha em casa. A empregada ocupava

um quarto nos fundos, depois da cozinha. Disse que foi deitar cedo e ficou vendo televisão até dormir, que não ouviu campainha nem nada. Por azar, o vigia da rua não foi trabalhar naquela noite. A mulher dele deu à luz. Lia vivia só, num prédio pequeno com porteiro eletrônico. Caio morava com a irmã num cortiço, e a irmã estava de serviço na noite do crime. Só chegou em casa no dia seguinte e topou com o corpo do irmão naquele estado. Tem muito entra-e-sai naquele cortiço, ninguém presta atenção.

— Se as três vítimas deixaram o assassino entrar, e, ainda por cima sendo tarde da noite, devia ser um amigo ou conhecido. Será que os três mortos tinham um amigo comum?

— É o que estamos investigando.

Carmo perguntou:

— Como você imagina que o bandido agiu?

— Suponha que um amigo telefone de madrugada pedindo pelo amor de Deus para conversar com você, insistindo para que seja naquela hora, pessoalmente, cara a cara. Ele diz que está desesperado e que só você pode ajudar, o caso é muito sério, um desespero, ele chora. Você está morto de sono, teve um dia daqueles, mas o que você pode fazer? "Venha", você diz. E o cara vem e começa uma conversa sem pé nem cabeça, e chora de novo. Você se oferece para fazer um chá ou servir uma bebida. O cara aceita e, quando você se distrai, ele mete na sua xícara um pó que ele trouxe no bolso e você bebe, sentindo um gosto ruim, que você atribui ao mal-estar da situação. Então dá um puta sono e você dorme ali mesmo. Depois do boa-noite-cinderela, o único trabalho do cara é arrastar você para a cama e tirar sua roupa. E quando você está nu em cima da cama, ele vai dobrar sua roupa direitinho e pôr em cima da cadeira, porque não quer que ninguém pense que ele foi bagunçar sua casa. Vai amarrar uma tira de pano em volta de seu corpo, abrir sua boca e enfiar nela umas folhinhas que ele trouxe no bolso ou numa mochila. Depois vai rezar uns cinco minutos para encomendar sua alma e, com a maior tranqüilidade, vai cortar o seu pescoço. Ele toma o cuidado de ficar numa posição tal que o sangue que sai das veias abertas no pescoço não esguiche nele. Quando o sangue pára de jorrar, enrola a faca num pano e guarda na mochila. Se for o caso, como aconteceu com Caio, antes de cortar seu pescoço, ele decepa seu pau e seus ovos e põe numa tigela. Ele abre sua geladeira, pega cinco ovos e põe junto com seus próprios ovos decepados, que já não servem para nada, se é que algum dia tiveram alguma utilidade, e sua rola amputada, agora para sempre mole, e tempera tudo com azeite-de-dendê. Então é só ir embora. Alguém ouviu alguma coisa? Alguém prestou atenção quando ele entrou e saiu? Nesta cidade? Imagine. Então é só voltar para casa e dormir o sono dos justos.

— E como ele não deixa vestígios, impressões digitais?

— Depois que a vítima dorme, ele calça luvas e limpa tudo direitinho.

— Você já verificou os telefonemas recebidos pela vítima antes de morrer?

— Com certeza o assassino liga de um telefone público. Não é trouxa.

— Sei. Agora, uma outra coisa: a mãe-de-santo disse que Lia Casalegre tinha um namorado e que ela não sabia se o levava ou não para Belo Horizonte. Descobriu quem é ele?

— Nada. A mulher era muito discreta. Nenhuma pista do tal namorado.

Parecia não haver mais nada a dizer. Carmo mudou de assunto:

— Antes que eu me esqueça, Teresa reclamou mais de uma vez que você anda sumido, e os meninos também perguntam por você. Quer jantar em casa hoje?

— Hoje não vai dar. Amanhã, quem sabe. Diga que estou com saudade mas muito ocupado com os crimes.

— Certo.

Era assim que trabalhavam. Carmo provocava, cutucava,

forçava Paixão a reagir. Paixão criava situações, induzia Carmo a pensar. Como nos tempos da faculdade do largo São Francisco. Carmo se metia em todos os assuntos do amigo. Tinham se acostumado. Na carreira policial, essa associação já produzira resultados surpreendentes. Fato incomum no seu meio estarem trabalhando juntos havia tantos anos. Primeiro no interior do estado, depois nos distritos da periferia, agora na Homicídios. Só por onze meses tinham estado separados. Como Paixão era o solteiro da dupla, a vida social girava mais em torno da família de Carmo. Paixão estava sempre jantando na casa do amigo e às vezes dormia lá. Teresa, a mulher de Carmo, era praticamente uma cunhada e os dois filhos deles chamavam Paixão de tio. Ele se vestia de Papai Noel no Natal e levava as crianças ao clube enquanto Carmo e Teresa faziam alguma outra coisa. Eram a família de Paixão. Às vezes Paixão se sentia invadindo a privacidade do casal. "Você veio com o dote do casamento", brincava Teresa. "Só vai se livrar de nós quando casar."

Paixão ficou sozinho em sua sala. Tirou um comprimido da gaveta e engoliu, sentindo-o descer arranhando a garganta.

No final da tarde, com seu característico sorriso de missão cumprida, entrou na sala do delegado Paixão o investigador Feliciano. Vinha do cemitério de Vila Alpina, aonde fora observar o enterro de Caio.

— Como foi?

— Enterro fraco. Meia dúzia de gatos-pingados. Só tinha gente do terreiro: a mãe-de-santo, Luísa, Cleonice, que chorou o tempo todo. Mais o Jorginho, a Lúcia, o Tadeu... Olha aqui, fiz uma relação completa — contou o investigador, estendendo para o delegado uma folha de papel. — Luísa me deu os nomes.

— Só esses? Ninguém de fora? — perguntou Paixão.

— Ninguém de fora. Não apareceu nenhum cliente que

tivesse se servido dos préstimos sexuais do rapaz. Profissãozinha ingrata, essa! O doutor Fernando também não foi. No velório, que foi curto por causa da demora do IML em liberar o corpo, só tinha esses mesmos.

— A imprensa?

— De jornalistas e fotógrafos tinha um monte. Moscas no mel. Na beira da cova, Luísa puxou as cantigas de Iansã, o orixá dos mortos. Ela tem uma bela voz.

— E que mais?

— Nice, a irmã, teve que ser amparada o tempo todo pelos irmãos-de-santo.

— Você falou com eles, claro.

— Falei, mas não tirei nada de novo.

— E não tinha ninguém que não fosse do terreiro?

— Ninguém, já disse. A relação está aí. Só gente da família-de-santo da irmã. Nenhum amigo, nenhum cliente nem colega de programas, e nada de vizinho. A solidariedade entre os moradores do cortiço também é zero. Além do pessoal do terreiro, nenhuma alma caridosa para pegar numa alça do caixão.

Paixão dispensou o investigador e leu várias vezes a lista de nomes.

12

Paixão sabia que ia acontecer. Os crimes do sacrificador estavam em todos os jornais. Tudo nas primeiras páginas. O delegado acordara com o noticiário das seis e meia na TV falando dele: "Alegando necessidade de conduzir as investigações em sigilo, o delegado Tiago Paixão, da Divisão de Homicídios, que cuida dos três casos, não quis dar mais detalhes".
Na banca de revistas da Brigadeiro Tobias, Paixão comprou todos os jornais.
— O senhor está em todos, doutor Paixão. Está ficando famoso — comentou dona Arcanja, a proprietária da banca.
— Pois é.
— Sabe, doutor Paixão, sem querer me meter, eu concordo com o que os jornais estão dizendo: são os macumbeiros — disse dona Arcanja, mostrando que lia o que vendia. — Uma cunhada minha freqüentou um centro de umbanda em Santa Cecília, depois largou, e ela conta cada coisa, doutor.
— É mesmo? — Paixão levou a conversa adiante apenas para ser gentil. Dona Arcanja era sempre prestativa. Ela prosseguiu:
— Eles vão no cemitério de noite, principalmente no da Vila Formosa, que é muito grande e de noite vira terra de ninguém, e então eles cavam as sepulturas para roubar ossos de defunto e fazer macumba da pesada. Deus que me livre! — Ela se benzeu. — Agora estão mais descarados, já estão matando gente. Aposto que o senhor vai pegar todos eles.

— Pode apostar, dona Anjinha. — Era assim que ele a chamava.

A banca de dona Arcanja ficava na calçada em frente ao café Trópico, onde Paixão costumava tomar o café-da-manhã quando estava de serviço. Ele entrou no café e foi para uma das mesas do fundo. Ernesto, o garçom que sempre o atendia, aproximou-se, solícito, e Paixão pediu café com leite e um sanduíche de queijo quente. Ia querer, antes de tudo, um copo de água sem gás. Era bom tomar um omeprazol em jejum, o dia ia ser difícil.

— O senhor por aqui num sábado de manhã? — estranhou Ernesto, servindo a água.

— Fazer o quê, crime não tem dia nem hora — disse, engolindo o omeprazol e um antiinflamatório. Sentia uma leve dor nas costas, provocada talvez por excessos na academia de ginástica, avaliou.

— Tudo isso é notícia sobre os degolados? — perguntou Ernesto, apontando para a pilha de jornais em cima da mesa. Retirou o copo vazio da mesa e continuou: — A televisão falou um bocado sobre os crimes. Falou o nome do senhor, também.

— É, mas, por favor, veja logo meu café que estou com pressa.

— Está saindo, doutor. É pra já.

Paixão deu uma olhada muito rápida nas primeiras páginas. Mesmo nos jornais que costumavam dar pouco espaço ao crime havia chamadas de capa. Nos outros as fotos eram bem chamativas, em tamanhos grandes, coloridas. Não estava com a menor vontade de abrir os jornais e ver o que havia dentro. As manchetes já lhe davam azia. Resolveu tomar o café e depois ler tudo na delegacia.

A calçada em frente ao número 527 da Brigadeiro Tobias parecia um formigueiro. O pessoal da imprensa entupia o saguão de entrada. Paixão entrou com dificuldade. Um jor-

nalista chamou seu nome em voz alta, e ele disse "nada a declarar".
— O senhor confirma que o assassino é do candomblé? — alguém perguntou.
Os microfones e as câmeras estavam todos em cima dele. Repetiu "nada a declarar" e foi se safando em direção ao elevador, que, felizmente, estava guardado naquela manhã por dois seguranças.

Na confusão quase lhe rasgaram o paletó, que ele não tinha acabado de pagar. "É o preço da fama", zombou o delegado Carmo, lá em cima. Iracema, como sempre, foi prestativa: "Pode deixar que num instante dou uns pontinhos aqui no bolso. Só está descosturado".

— O que temos de novo? — Carmo quis saber.
— Nem os jornais eu li ainda. Me dê um tempo.
— Então vou ler com você. Depois decidimos o que declarar para esses urubus.
— Olha aqui — apontou Paixão. — Até a foto de mãe Aninha os desgraçados arranjaram, os filhos-da-puta. Deus do céu! Vou pedir dois homens para garantir a segurança do terreiro.
— Pois faça isso. O desembargador vai comer a gente pelo pé.
— Não é com ele que estou preocupado.
— Se eu fosse você, eu estaria.

Paixão chamou o investigador Canato e o despachou com outro policial para a Freguesia do Ó com instruções precisas sobre o que fazer. Só entraria no terreiro o pessoal da casa e quem mãe Aninha autorizasse. Ia telefonar para explicar à mãe-de-santo que era para a segurança deles. Nunca se sabe como o povo reage a esse tipo de crime. Instruiu Canato a anotar os nomes de todos os que entrassem e saíssem do local.

Na meia hora seguinte, Paixão e o delegado Carmo leram os jornais.

Na versão da imprensa sensacionalista, os três assassinatos eram obra de magia negra, em que os sacrifícios humanos eram usados para acessar "forças do mal" inimagináveis, com propósitos ainda desconhecidos, mas que só podiam ser os mais infames e terríveis.

Os jornais mais sérios davam versões mais contidas. Especialistas entrevistados insistiam que nenhuma religião dos dias de hoje, pelo menos no Brasil, praticava sacrifício humano. Para eles, sacrifício humano estava absolutamente fora de cogitação. Lembravam que, quando acontecia um assassinato com a aparência de sacrifício religioso, não se tratava absolutamente de ato religioso, mas de obra de alguém que perdera completamente a noção da realidade. A religião da qual o crime se travestia também era vítima da farsa criminosa, garantiam os entendidos.

Outros jornais exploravam o tema relembrando histórias escabrosas em que exus e pombagiras eram invocados para sugerir ao leitor que o diabo afro-brasileiro sempre voltava a atacar de modo covarde e traiçoeiro.

A propensão de Paixão era não acreditar na possibilidade de sacrifício humano, mas não podia descartar totalmente a hipótese. As religiões proliferavam sem nenhum controle e todo dia surgiam novas igrejas, movimentos religiosos e comunidades de magia. Ninguém podia garantir que não aparecesse uma seita que acreditasse na matança de seres humanos como meio de agradar a Deus ou ao diabo. Desgraças como essa haviam surgido em anos recentes pelo mundo afora. Melhor deixar uma possibilidade em aberto.

Afastando os jornais, Paixão comentou:

— Fernando bem que me disse que Exu levaria a culpa. Desde que Exu foi confundido com o diabo, a autoria de tudo quanto é merda é empurrada para cima dele.

— Acho que ele sabia o que dizia. É por aí que a violência pode se espalhar. O candomblé e a umbanda despertam muito ódio — disse Carmo.

— É o medo do feitiço. Medo daquilo que não se sabe

bem o que é nem se existe. O desconhecido amedronta, e o medo leva as pessoas aos maiores desatinos. Até à loucura coletiva.

— Claro, com tanta gente insatisfeita com a vida que leva, tanta insegurança com relação ao presente e ao futuro, alguém tem que levar a culpa, não é?

— O bode expiatório é sempre o diferente, o marginalizado, aquele que se considera o outro.

Paixão gostava das grandes explicações teóricas e das interpretações da sociedade brasileira. "Se você não conhece o país, não entende as razões do criminoso", dizia. Lia Sérgio Buarque de Holanda, Caio Prado Jr., Gilberto Freyre, Euclides da Cunha, Raymundo Faoro e Darcy Ribeiro.

Carmo disse:

— E entre nós...

— Entre nós, aqui no Brasil, quem paga o pato só pode ser o negro e o que ele trouxe da África. E Exu acaba virando a caixa de Pandora que a escravidão nos legou.

— Em que página você está lendo isso? — provocou Carmo, deixando de lado o tom sério da conversa.

— Sou eu que estou dizendo, porra.

— Ah! Muito bom. Já podemos dar uma coletiva à imprensa. Sem gozação, é isso mesmo.

Assim que o delegado Carmo foi para sua sala, Paixão ligou para Luísa. Ela também lera os jornais e estava chocada com o tom do noticiário.

— Preciso falar com você, mas vai ser difícil me ausentar da delegacia por muito tempo. Isto aqui está pegando fogo.

— Posso ir até aí. Só tenho compromisso à tarde. E em quinze minutos estou aí.

— De jeito nenhum, a imprensa está toda aqui na porta. Mas a gente podia almoçar juntos aqui perto.

— Tudo bem, depois vou direto para uma aula em Santana.

— Combinado. Tem um bom restaurante vegetariano aqui na esquina. Você gosta?

— De vez em quando gosto.

— Então anota: restaurante Camomila, esquina da Brigadeiro Tobias com a Senador Queirós. Meio-dia e meia está bom para você?

— Está ótimo, é perto do metrô.

— A uns trezentos metros da estação Luz. A gente se encontra no restaurante, tudo bem? Entrando, suba a escada.

Paixão não tinha nada especial para conversar com Luísa. Só queria saber mais coisas do dia-a-dia do terreiro, mas principalmente queria ficar um pouco com ela, estava se ligando nela. Talvez fosse só tesão. Quem sabe ela também não sentia atração por ele? O devaneio foi interrompido pelo telefone. Era o investigador Canato.

— A coisa aqui no terreiro não está nada boa. Tem uns vinte evangélicos na frente do terreiro fazendo ameaças e gritando provocações, do tipo "O sangue de Jesus tem poder". E mais crentes estão chegando. É melhor mandar reforço.

— E a imprensa?

— Tem uma meia dúzia de jornalistas, mas esses a mãe-de-santo acomodou no barracão do terreiro e até mandou servir comida.

— Boa política. Vou pedir reforço à PM e depois mando alguém render vocês.

Era quase meio-dia. O movimento na delegacia começava a se acalmar. Canato tinha telefonado de novo: na frente do terreiro estava tudo sob controle. Os evangélicos haviam abandonado a rua e os homens da PM continuavam de guarda. Paixão tinha ligado para mãe Aninha, pela segunda vez naquele dia, e ela parecia bastante calma. Contara-lhe que estava preparando acarajés para oferecer a Xangô e que ela mesma os estava fritando, com a devida licença de seu pai

Oxalá, que não suportava azeite-de-dendê nem o calor do fogão. Ela dissera que Xangô era o senhor da justiça e que ela estava confiante que tudo se resolveria. "Então, quando tudo terminar, vamos fazer uma grande festa para Xangô, e desde já faço questão de sua presença, doutor Paixão." E ele dissera: "Pois nesse dia serei o primeiro a chegar ao terreiro para lhe pedir a bênção, mãe Aninha, beijar a sua mão e agradecer a Xangô por tudo". Ao desligar, Paixão tinha se perguntado se não estava se comprometendo demais. "Foda-se", pensou.

Paixão avisou que ia sair para comer e que não demorava. No banheiro lavou o rosto, achando que não estava com bom aspecto. Fazia calor e tinha suado muito. Será que estava fedendo? Desejou ter uma camisa limpa para trocar, mas só pôde lavar as axilas e passar desodorante. Pensou em tomar um banho, mas não dava mais tempo. Não queria se atrasar. E se Luísa sentisse o cheiro dele e não gostasse? Feromônios, será que funcionavam com os humanos? Imaginou qual seria o cheiro dela, desejou esfregar o nariz entre as coxas dela, lamber a barriga, mordiscar os mamilos. Sentiu a excitação lhe avolumar o sexo, mas não se apalpou. Quando adolescente, a mãe o repreendia: "Não se apalpe, Tiaguinho, que é feio".

Abotoou e enfiou a camisa dentro da calça. Penteou o cabelo mais uma vez e conferiu os dentes no espelho. Afastou-se um pouco e apreciou o resto. Não, até que estava bem.

Com o paletó jogado no ombro, desceu a Brigadeiro Tobias. Na esquina da Senador Queirós, avistou Carmo sentado no balcão da pastelaria Chinês de Ouro na companhia de um investigador. Carmo viu Paixão e acenou para ele se aproximar.

— A fim de um pastel?
— Obrigado, estou indo almoçar no Camomila.
— E não convida os amigos?

— Hoje não vai dar. — Riu e retomou o passo. — Tenho companhia melhor.
— Já entendi. Bom proveito.

13

Ao meio-dia e cinco, Luísa pegou o metrô e na hora marcada estava entrando no Camomila. Paixão a esperava em uma mesa localizada numa lateral do mezanino. Não viu quando ela entrou, entretido com as próprias idéias. Luísa o achou ainda mais bonito com olheiras de quem dormiu pouco.

Ele se levantou sorridente quando ela se aproximou. Ela usava calça jeans e camisa branca larga, e ele se encantou com a simplicidade de sua elegância.

Trocaram um aperto de mãos, e Luísa sentiu o cheiro dele e achou muito bom. Ele também sentiu o cheiro dela e gostou.

— Obrigado por ter vindo — disse ele, puxando uma cadeira para ela. Pela primeira vez naquele dia, sentiu-se feliz e descontraído. O paletó estava numa cadeira e as mangas arregaçadas da camisa azul-clara deixavam ver os braços torneados nos ferros da academia. Luísa imaginou como seria o peito do delegado sob a camisa, e a barriga, e achou que tinha ficado vermelha. Teve medo de se trair, mas concluiu que ele não havia percebido, ocupado que estava chamando o garçom.

Havia poucas mesas ocupadas. Era sábado, e quase todos os escritórios e serviços da região estavam fechados. Luísa sentiu-se bem no ambiente despojado. A comida era boa, mas os dois quase não comeram. Falavam de qualquer coisa, e seus joelhos às vezes se tocavam sob a mesa, como por acaso.

Paixão contou que tentara falar com mãe Aninha antes de sair da delegacia, mas disseram que ela havia saído.

Paixão pôs a mão sobre a de Luísa. Ela deixou, gostou do calor da mão dele.

Ela disse:

— Mãe me disse que você mandou um investigador no terreiro hoje para falar com Cléber. Algum problema?

— Não vamos falar de problemas. Tudo o que eu quero agora é estar com você aqui, assim — disse apertando a mão dela.

Agora sim Luísa ficou vermelha.

Os dois pediram sobremesa, tomaram café e adiaram o fim do almoço até onde foi possível. Luísa fez questão de pagar sua parte. Depois Paixão a acompanhou até as catracas do metrô. Despediram-se com um beijo no rosto.

A delegacia foi se esvaziando e Paixão conversava com o investigador Feliciano. Os dois PMs que estavam dando segurança ao terreiro informaram que tudo estava calmo.

Sacrifícios, a faixa amarrada na cintura, a boca cheia de folhas, o pênis cortado do prostituto, eram esses os temas da conversa.

Paixão relera suas anotações, trocara idéias com seus auxiliares, mandara refazer diligências e verificar informações. Acreditava que descobriria tudo, mas antes tinha que entender cada lado dos acontecimentos, precisava *sentir* os fatos. Quantas vezes se tropeça na solução, por puro acaso, e nem se percebe o que se está chutando, pensava Paixão. Era assim que ele trabalhava. As respostas se mostrariam no momento certo, ele somente precisava estar preparado. Por isso conversava mais uma vez com Feliciano, cujo conhecimento do candomblé e da umbanda estava sendo muito útil para as investigações. Um pormenor não ajuda nada se não se chegar ao seu sentido. Queria saber mais por intermédio de Feliciano, não dos crimes propriamente, mas do dia-a-dia do candomblé, do jogo interno de poder. Num terreiro, as pessoas convivem o tempo todo, e os diversos cargos sacerdotais são distribuídos em razão de relações estritamente pessoais. O ciúme e a intriga progridem com mais intensidade nesse tipo de ambiente.

Feliciano contou que fora casado com uma filha-de-santo, que freqüentara durante anos o terreiro da mulher, mas que nunca se tornara um membro efetivo da religião. "Jamais tive religião, acho que já nasci descrente." Mas aprendera a tocar atabaque, o que se revelara um bom passatempo para as noites em que acompanhava a mulher ao terreiro. Levava despacho à cachoeira, e era em seu carro que muitas vezes iam à Praia Grande para algum trabalho espiritual na praia. Sabia até puxar as cantigas sagradas. "Dançar na roda, nunca, porque isso é coisa de mulher e de bicha." Aprendia fácil. Um dia foi escolhido para ser ogã tocador de atabaque, e para prosseguir teria que ser iniciado. Desde então sua presença no terreiro foi rareando. "Não ia dar a cabeça para pai-de-santo nenhum fazer merda." Depois o casamento acabou e a carreira religiosa também. "Nunca foi uma paixão, nunca pegou fundo, entende?" Freqüentava o candomblé como quem vai a um clube. As danças eram bonitas. As comidas, uma delícia: acarajé, feijoada, uma boa farofa. Em dia de festa, as moquecas de peixe nadando em azeite-de-dendê, a canjica batizada com mel de abelha, o mungunzá, as gamelas de caruru levado à boca com os dedos, tão bom que nem dava para acreditar que era feito de quiabo, o camarão seco moído junto com os temperos, a castanha-de-caju e o amendoim socados, a pimenta-malagueta, o coentro machucado de leve com a colher de pau para soltar o cheiro sem amargar. Só de falar dava água na boca. As panelas enormes nas bocas do fogão a lenha, comida para cinqüenta, cem pessoas. E a cerveja para limpar a garganta dos ogãs.

Às vezes sentia saudade.

Paixão também tivera uma experiência com o candomblé, só que muito negativa. Fora uma participação breve e superficial, além de desastrosa, e ele continuava completamente ignorante sobre a religião.

Não fossem os crimes de sacrifício que o jogaram de novo dentro de um terreiro, não teria motivo algum para remexer naquelas recordações. Imagens que ele preferia apagar, agora que se aproximara de outro tipo de gente e sabia que havia um mundo afro-brasileiro que ele pouco conhecera. Um mundo de gente decente como Mãe, Luísa e o irmão dela. Também tinha muita gente estranha, é verdade: bastava ver a história do filho-de-santo que tinha duas famílias, uma em que bancava o marido, outra em que se fazia de esposa. Ele era mesmo esquisito, embora honesto: sua transgressão era escancarada, que aceitasse quem pudesse. Bastava perguntar aos seus irmãos-de-santo para saber que todos gostavam dele. Mãe Aninha pusera a mão no fogo pelo filho, por esse, sim. "E pelos outros?", Paixão perguntara. "Pergunta difícil... Ah! meu pai Oxalá, quem pode saber de tudo?", ela lhe dissera. "O mundo é tão grande e a gente tão insignificante, os caminhos são tantos e tão cruzados."

Não se imaginava um dia confiando nos orixás como mãe Aninha parecia confiar. Ou como Luísa, ou Fernando. Mãe Aninha, Luísa e Fernando eram crentes, ele não. Tinha muitas dúvidas sobre os benefícios de ser religioso. Adiantava entregar-se à religião, qualquer que fosse ela, e ter que se agüentar com verdades que dependiam da fé? Para continuar tendo que refazer as forças a cada instante de risco? Se o sangue de Jesus tinha poder, como viviam repetindo os evangélicos, que raio de poder era esse, sabendo-se que os que acreditavam nisso continuavam fodidos, por mais que rezassem e se inclinassem? A pretendida e encenada felicidade que os devotos viviam alardeando não agüentava um peido, imagine um golpe um pouco mais forte nas ilusões, mesmo as mais simples. Não era assim com todas as religiões? E ainda ter que alimentar o apetite insaciável de Deus, dos santos, dos orixás, dos espíritos dos mortos. Porque eles tinham fome de rezas, de promessas, de sacrifícios. Quem podia garantir que o que os deuses e santos desejavam mesmo não seria se fartar de nosso sofrimento, se empanturrar com a nossa miséria? Quem garantia que também não disfarçassem os seus desejos mais profundos?

Feliciano escutava, concordando.

E aos mortais restando apenas, por fraqueza, se entregar nas mãos de pessoas inescrupulosas que iam à frente nos altares: padres que através dos séculos conduziam impunemente multidões na ignorância, de onde não deveriam sair nunca, para que o mundo continuasse sempre igual, "assim como era no princípio, agora e sempre, por todos os séculos dos séculos, amém"; pastores que bebiam o dinheiro pequeno e suado de seus seguidores em troca de promessas irreais; pais-de-santo que povoavam com o medo os sonhos de seus filhos indefesos, ameaçando-os com a possibilidade do feitiço, com a insatisfação dos orixás e com os infindáveis tabus, aproveitando-se. E os que iam além, alimentando-se da parte podre da alma dos devotos, impondo desejos inconfessáveis, sugando até o sexo dos fiéis? O mal, qual seria a cara verdadeira do mal? Haveria condutores de almas de alma boa em quem se pudesse confiar? Haveria, mas como distingui-los, como separar os limpos dos sujos, o joio do trigo?

Disse, fazendo um gesto com a mão:

— Feliciano, deixe pra lá, estou divagando. — Paixão não queria fazer um discurso sobre religião, só queria contar ao ajudante sua experiência ruim no candomblé. Então contou.

Uns três anos antes, levado por uma amiga, Paixão começara a freqüentar o terreiro de um tal pai Ojucrecrê. O pai insistia em jogar búzios para ele e lhe dissera que ele era filho de Oxóssi. As pessoas do terreiro lhe contaram como eram os filhos de Oxóssi: bonitos, de coração bom e corpo bem-feito, determinados e pacientes. Um filho de Oxóssi, o orixá caçador, era capaz de ficar horas e horas esperando o momento certo para flechar a caça. Vivia na espreita, nunca perdia a paciência. Ele se identificara, se sentira muito à vontade.

Um mundo totalmente novo se abria para um menino do interior, que nunca antes experimentara o sabor acre do azeite-de-dendê, o calor dos corpos suados ao ritmo dos atabaques, a textura refrescante da palha-da-costa, o repouso na esteira, o gosto amargo e revigorante da noz-de-cola mascada lentamente.

Poderia ter sido ótimo, mas só restaram más lembranças.

Pai Ojucrecrê lhe telefonava muitas vezes por dia, por um motivo qualquer ou sem motivo algum. O filhinho podia passar lá mais tarde? O filhinho podia levar o pai de carro a tal lugar? Dava para descer a Santos naquela noite? O pai precisava fazer um despacho na praia, coisa rápida. "Antes de voltar, a gente come um peixinho por lá, gosta?" O filhinho podia ajudar nas despesas da festa? Será que o filhinho não se importaria se ele pedisse ao filhinho que fosse, no domingo à noite, buscá-lo na casa de um outro filho onde pai ia passar o fim de semana, ali mesmo em Sorocaba? Não era melhor o filhinho ir junto com o pai e descansar um pouco por lá? Pai ia gostar tanto da companhia. Por que o filhinho não veio ver o paizinho ontem? Por que o filhinho não dá uma passadinha na hora do almoço?

Filhinho. Puta que o pariu!

Odiava ser chamado de filhinho. Ia falar com o pai, pedir-lhe que o chamasse de Paixão, como todo mundo, ou de Tiago, como os mais íntimos. Qualquer outra coisa, menos filhinho.

Chegou finalmente o dia de receber seu fio de contas azuis-turquesa. Fazia quanto tempo que estava freqüentando o terreiro? Umas duas semanas, e não assistira a nenhuma festa. Estava ansioso para que chegasse o dia de seu primeiro toque. Será que ia ter que dançar na roda? Esperava que não. Se mandassem, não iria. Ficaria de pé lá atrás, perto dos atabaques, engrossando o coro dos tocadores, reserva de masculinidade do candomblé, conforme repetia o pessoal do próprio terreiro. O pai ia mandar fazer uma roupa branca para o filhinho. "Caralho!"

— Chegou o dia de receber o colar de contas. Ele me levou para um quartinho para eu tomar um banho de purificação. Tinha uma bacia de ágate com um líquido com cheiro de ervas.
— Água com folhas maceradas.
— E tinha uma cuia dentro da bacia. Pai Ojucrecrê me mandou tirar a roupa, depois pegou a cuia. Completamente sem jeito, tirei a roupa, que pendurei num cabide na parede, e fiquei de pé, cobrindo o sexo com as mãos.
— Compreensível.
— Ele pegou a cuia, que encheu na bacia, e jogou a água na minha cabeça, depois nos ombros, depois no peito. Eu estava de pé, imóvel, e ele na minha frente. Mandou eu me virar e jogou água nas minhas costas e na minha bunda. Tive a impressão de que ele estava se demorando mais na bunda. Não gostei nada. Mas a lavação continuou, e desceu para as coxas. Me mandou virar de novo e foi para os joelhos, onde se deteve por mais tempo. Eu apreensivo, tenso, cobrindo a mala com as mãos. Jogou água nos meus pés, um de cada vez. Aí ele me mandou tirar as mãos do sexo. Precisava lavar tudinho, disse. Não tirei e ele insistiu. Senão não ia adiantar nada, disse.
— Estou entendendo.
— Eu tirei as mãos. Meu pau, coitado, foi encolhendo, ficou deste tamanhinho. E eu, de repente, fiquei com nojo do desgraçado. Não era mais o pai-de-santo que eu queria respeitar, era uma bicha escrota ajoelhada na minha frente. "Mexe nele, filhinho, mexe para ele acordar", teve o descaramento de dizer.
— Que puta cara-de-pau!
— Eu queria dar um murro na cara da bicha e sair correndo, mas tinha medo, não sabia o que fazer. Tinha me deixado enganar feito criança. "Vamos acordar ele, filhinho, porque você está precisando de um descarrego sexual, para acalmar. Vamos tirar essa energia parada que está dentro de você e depois, sim, uma energia nova vai preencher seu corpo

e sua alma." Descarrego sexual, o cacete. O filho-da-puta queria mamar na minha rola.

— Essa é manjada. — Feliciano, que ouvia tudo na maior seriedade, não conseguiu mais segurar o riso.

— Mas eu era marinheiro de primeira viagem, não sabia como reagir. Só se batesse nele, que era o que eu mais queria fazer naquela hora. De repente as coisas se inverteram na minha cabeça e senti que quem comandava era eu. Ele ali de joelhos, quase implorando. Gostei de dominar, de subjugar. A sensação me fez ficar excitado, meu pau começou a crescer. Aí, sim, a bicha ficou louca, tremendo de desejo diante de meu pau.

Feliciano se torcia de tanto rir.

— Quanto mais vontade eu tinha de bater no cara, espezinhar mesmo, maior meu pau ficava.

— Aí ele caiu de boca.

— Não teve tempo. Dei-lhe um safanão e saí feito louco do quartinho com as roupas na mão e atravessei correndo o barracão, procurando a porta do vestiário onde eu tinha deixado minha mochila. Eu me vesti na maior pressa e me mandei. Nunca mais passei naquela rua.

— Realmente.

— Você imagina eu, o doutor delegado de polícia que estava para se tornar o filho mais ilustre da casa, atravessando o barracão correndo, nu em pêlo.

— Que cena ridícula!

— Quando estava seguro no meu carro é que me dei conta de que, no momento em que passei correndo pelo barracão, os filhos-de-santo estavam todos lá, sentados nas esteiras, esperando o pai me trazer ao barracão para, solenemente, me apresentar à casa como o novo filho. E eu naquele estado...

Os dois riram para valer.

— Isso fica entre nós, Feliciano. Não contei nem para o Carmo.

— Nem conte. Ele vai achar que no candomblé ninguém presta.

Estava na hora de deixar a delegacia. Paixão recolheu seus pertences e desceu com Feliciano pelo elevador. Ainda estavam rindo quando chegaram à rua.

14

Paixão aproveitou o domingo para pôr um pouco de ordem na vida pessoal. Correu no Ibirapuera logo cedo e depois foi para a casa de Carmo almoçar. Teresa não ia aceitar nenhuma desculpa se ele não fosse comer o *tagliatelli* à carbonara e a carne cozida em vinho tinto que ela ia fazer, do jeito que ele gostava. Claro que ele ia, desde que a carne não fosse de cabrito nem de carneiro, brincou.

Paixão adorava carbonara, mas com todas aquelas gemas de ovo com pimenta-do-reino, *pancetta*, manteiga e parmesão, era melhor forrar o estômago com uma cápsula dupla de omeprazol.

Falaram o mínimo sobre o andamento da investigação, e Paixão leu um capítulo da dissertação de mestrado de Carmo, que ele já deveria ter entregado ao curso de direito processual da PUC.

— Vou te dar uma mãozinha — disse Paixão. — Se eu não ajudar, esta porra não vai ficar pronta nunca.

Carmo atribuiu o atraso às "responsabilidades domésticas de um pai de família", coisa que Paixão não sabia o que era. Paixão leu anotando pequenos erros, mas estava sem concentração. Embora Paixão tentasse disfarçar, Carmo achou que ele estava meio borocoxô. "Também acho", concordou Teresa.

Seu ânimo mudou da água para o vinho depois que Luísa ligou para ele no celular. Claro que ele iria com ela e Fernando ver o filme na Cinemateca.

Combinaram que Paixão passaria na casa de Luísa lá

pelas cinco da tarde, pois o filme era às seis. Depois do cinema, os três poderiam comer uma pizza num lugar gostoso. Luísa perguntou se ele sabia onde era a Cinemateca. Ele sabia. Já tinha ido lá, perto do DETRAN, um prédio bonito de tijolinhos aparentes recentemente restaurado, onde funcionara o antigo matadouro municipal. Paixão queria mostrar que estava por dentro das instituições de cultura da cidade. Mas por que não assistir ao filme em casa, não havia em DVD?, ele perguntou. Ela respondeu que isso era possível, mas que estragaria o passeio.

Veriam um filme de 1959, *De repente, no último verão*, com Elizabeth Taylor, Katherine Hepburn e Montgomery Clift, "três monstros do cinema". Ainda por cima, o roteiro era de Gore Vidal. Não, ele nunca vira o filme, mas fazia tempo que queria ver, disse.

Mudou tudo. Paixão não disfarçava a alegria repentina. O domingo estava maravilhoso, que céu azul, que sol! Releu o texto da dissertação e propôs mudanças que Carmo achou apropriadas e tratou logo de introduzir. Jogou videogame com os meninos e ajudou Teresa a pôr a mesa.

Carmo estava curioso com a mudança na disposição do amigo.

— O que você ouviu no celular, que melhorou tanto o seu domingo, Tiago? Viu o passarinho verde e nem conta para nós?

— Nada, Carmo. Era Luísa. Me convidando para ir à Cinemateca.

— Hã, sabia.

A comida estava ótima. Tudo estava ótimo.

O filme em preto-e-branco roubava o violeta dos olhos de Elizabeth Taylor, e a história era pesada: a mulher rica e dominadora querendo que um cirurgião famoso extirpasse, numa lobotomia, as lembranças que sua sobrinha guardava da morte do filho dela, tudo para manter intocada a imagem pública que ela, a mãe, construíra do filho escondendo sua homossexualidade.

A história soava antiquada, mas o desempenho dos atores era, de fato, magistral, concordaram. Os três gostaram de ver o filme, ou de ver o filme juntos.

Eram quase oito horas e o plantão de Fernando no hospital começava às dez. Foram para a pizzaria Pedra Azul, perto do parque da Aclimação.

Luísa contou que passara a manhã fazendo companhia a Nice, que ainda estava muito transtornada. Tinha acompanhado a irmã-de-santo à casa dela, para onde ela ainda não tinha voltado desde a morte de Caio. Ajudara Nice a pôr ordem na casa e depois a levara de volta ao terreiro.

Paixão perguntou:

— Nice não tem parentes em São Paulo?

— Nem em São Paulo nem em outro lugar. Com a morte de Caio está sozinha; só lhe resta a família-de-santo — disse Luísa.

— Deve ter sido moça bonita. Ainda é. Nunca se casou?

— Nunca. Apesar de ser como é.

— E como ela é?

— Nice é uma mulher encantadora, atenciosa e prestativa. O tipo de pessoa a quem todos devem algum favor. Eu mesma devo muitos favores a ela.

— Eu também, não há dúvida — disse Fernando.

— Nice se desdobra sempre que alguém precisa de uma mão. E faz tudo com muita alegria, faz por prazer. É um amor de pessoa. Difícil quem não goste dela.

— Quem, por exemplo? Quem poderia desejar ver Nice sofrendo?

— Foi só uma maneira de dizer. Acho que Nice não tem desafetos. Por isso a morte de Caio foi um golpe tão duro para todos nós.

— Mas, se é verdade que Nice é tão querida, por que havia tão poucas pessoas do terreiro no enterro de Caio?

— Certamente a maioria estava no trabalho.
— Como eu — disse Fernando.
— Como você — disse Paixão, encerrando o assunto. Voltaram a falar do filme.

Às nove e meia Fernando deixou a irmã e Paixão e saiu apressado para o hospital. Os outros dois ficaram mais um pouco. O ambiente era agradável, estavam sentados no mezanino, e velas queimavam nas mesas. A segunda garrafa de vinho estava pela metade. O garçom serviu mais vinho e se retirou. De repente, estavam de mãos dadas. Paixão se inclinou e beijou Luísa.

Paixão levou Luísa para a casa dela, que era bem perto da pizzaria.
— Vou fazer um café, quer?
— Não precisa, venha cá.

Tudo se precipitou: o beijo, incontido, na sala, os dois escada acima, Luísa puxando Paixão pela mão, até o quarto. Com a porta fechada, ela se sentiu em seu território: agora era ela que mandava. Ele se deixava levar, certo de que era dele a iniciativa real. Seus corpos se entenderam perfeitamente. Suas mãos buscaram pele, pêlo e o sexo um do outro numa exploração que não queriam controlar. Vieram os toques mais atrevidos de dedos e língua, e o sexo dele abriu caminho entre as coxas dela. Finalmente, o gozo dos dois. Repetiram mais de uma vez. Suaram, urraram, riram, se cansaram para, descansados, se provocar de novo. Enfim relaxaram, o pulsar dos corações se acalmou e o sangue voltou a correr sem pressa.

Terminaram amansados e contentes, sem medo de nada, momentaneamente alheios à ameaça proliferante do sacrificador.

15

Assim que recebeu o laudo do IML, Paixão foi à sala de Carmo. Tinha uma informação nova mostrando que a investigação estava no rumo certo.

— O resultado do exame de laboratório da primeira vítima vai valer para os três, aposto. — Paixão chacoalhou o formulário do IML no ar. — O assassino dopou Helena, como imaginei.

— Bingo! — exclamou Carmo, com o polegar levantado.
— Qual foi a droga?
— Dose cavalar de um benzodiazepínico, o midazolam, um hipnótico poderoso.
— Remédio bom para dormir.

Passaram em revista o que já era dado como certo. Ainda era muito pouco.

Ao voltar à sua sala, Paixão passou no banheiro. Ficou um tempão diante do espelho, gostava de se olhar. Na academia de ginástica todos se miravam no espelho. Cada músculo tinha que ser acompanhado a cada dia. Um corpo sarado exigia muita atenção. Mas ali não era a academia, nem ele estava interessado num auto-exame de musculatura. Sua preocupação era outra.

Carmo podia ter todos os defeitos do mundo, mas não era invejoso, pensou, examinando o queixo no espelho. Sabia que o amigo estava torcendo para ele desvendar os crimes, e ele esclareceria tudo. Não decepcionaria ninguém, e os dois saberiam que o mérito teria sido dele. As glórias, a fama, dividiriam, sem problema. E fama faz muito bem para a imagem de um candidato a deputado. Nem juiz, como o pai queria que ele fosse, nem delegado de polícia, como ele quis ser, numa decisão de juventude. Paixão imaginava seu futuro na política partidária, começando pela Assembléia Legislativa. Podia ter se candidatado na eleição anterior, como diversos amigos insistiram, mas achara mais prudente aguardar o momento oportuno, quando pudesse contar de fato com uma imagem bem construída. Então seria lançado candidato a deputado estadual como delegado competente, honesto e capaz de contribuir decisivamente para melhorar a política de segurança pública no estado. Tinha de ser conhecido do grande público eleitor, aí sim, a carreira política se abriria para ele. Não ia morrer delegado aposentado. A carreira policial não era para ele, era pouco. Reconhecia que o pai estava certo. O DHPP dava visibilidade, precisava aproveitar enquanto estava ali. Precisava de um bom gancho e de um bom partido, nome ele tinha, o pai tinha lhe dado o nome certo: Tiago Paixão, nome de deputado, de governador, governador Tiago Paixão, senador Paixão.

Devia tudo ao pai, estava convencido disso havia muito tempo. Claro que também se esforçara, e o caminho continuava aberto. Ainda havia muito chão pela frente, mas ele chegaria lá. Que esperassem para ver. O pai não queria que ele fosse delegado de polícia. "Basta eu; você vai ser juiz de direito." O sonho do pai era ver o filho na magistratura. "Você não vai ter que andar carregando uma arma. Quem carrega arma, como eu, preste atenção, tem a alma diminuída, pois o poder de matar põe o homem muito perto da fera. Uma arma protege, sim, mas transforma você em alvo de outras armas. A maioria mata para não morrer. Eu não quero meu filho varado de bala."

Ia fazer a melhor faculdade de direito, a do largo São Francisco, em São Paulo; ia se formar pela USP. Depois faria o concurso para juiz. Em São José do Rio Preto, onde moravam, Tiago foi se preparando para o vestibular desde o primeiro colegial. Entrou na primeira tentativa, com ótima classificação. O doutor Ricardo Paixão não ia deixar o filho sozinho em São Paulo e tratou de se transferir para a capital. Queria acompanhar os estudos do filho, encaminhá-lo desde cedo à carreira judicial. Não ia ser um advogado qualquer, nem um policial como o pai, ia ser juiz. Juiz não precisava sujar as mãos, não corria atrás de bandido, era sempre recebido com respeito e honrarias. "O respeito que aparentam dar a um policial é por medo, por receio, é fingido. Polícia neste país não tem prestígio, faz parte do mundo dos bandidos, não do mundo dos homens de bem. E o mais importante, meu filho, é que o juiz é o que dá a última palavra. O policial desvenda o crime, prende o bandido e o entrega nas mãos do juiz. Eu sempre digo: o juiz não sabe o que é sujar as mãos, entrar na favela atirando, matando para não ser morto, o juiz não sabe o que é participar da violência, e não estou falando apenas em ser objeto da violência, mas o sujeito dela. Ele fica ali sentado, lê, escuta, decide. E seu veredicto tem mais poder que todas as balas que podem sair da arma de um policial."

 O pai deixou a mulher enterrada em São José do Rio Preto e se mudou com o filho para São Paulo. Na faculdade de direito, Tiago conhecera João do Carmo, que também vinha do interior. Eram da mesma turma da escola do largo São Francisco, dois caipirinhas deslumbrados na capital, metidos numa escola cheia de professores e estudantes esnobes e pretensiosos. Ficaram amigos. Quando Carmo não pôde mais pagar a pensão, o próprio doutor Paixão, o pai, fez questão que ele fosse morar com eles, e às vezes ajudava o estudante com algum dinheiro. Tiago devia tudo ao pai. Carmo também devia alguma coisa. Por isso, Tiago e Carmo eram quase irmãos, irmãos na dívida com o pai. Depois da faculdade veio o exame para entrar na OAB, e os dois passaram com louvor. Se Tiago ia ser juiz, Carmo ia ser delegado mesmo, era o que ele queria.

O delegado Paixão, vencido na tentativa de demover o rapaz, passou a dar a Carmo toda a orientação que podia. Tiago, por sua vez, estudava para o concurso à carreira de magistrado, e, enquanto o concurso para juiz não abria, inscreveu-se no concurso para delegado, só para ganhar experiência e fazer companhia a Carmo. Foram aprovados nos primeiros lugares. Tiago decidiu assumir o cargo, queria experimentar. Vencido em seus argumentos iniciais contrários à decisão do filho, o pai passou a apoiá-lo integralmente e até levou os dois meninos para um jantar de comemoração no melhor restaurante que ele podia pagar. E nunca mais abriu a boca para falar uma só palavra contra a carreira policial. O pai era assim: quando perdia, aceitava totalmente a derrota, não ficava remoendo, punha uma pedra em cima, como se nunca tivesse tido uma posição diferente daquela que acabara sendo obrigado a assumir. Até morrer, o doutor Ricardo fez tudo o que pôde para facilitar e incentivar a carreira dos filhos policiais.

Com a morte do pai, Tiago se aproximou ainda mais de João do Carmo, que então já estava casado com Teresa. A presença do pai na sua vida, contudo, nunca se apagou. Às vezes conversava com a lembrança do pai, como ali, diante do espelho, no banheiro do quarto andar do Palácio da Polícia. O pai teria gostado de Luísa, daria todo o apoio ao namoro, já iria começar a falar nos netinhos, quem sabe comprar uma casa maior para todo mundo morar junto. Não precisariam contratar nenhum transporte escolar, ele mesmo levaria as crianças à escola. Era para isso que estava aposentado, e assim por diante. Se estivesse vivo...

Tiago respeitava o pai, e Ricardo respeitava o filho e o ensinava a respeitar os outros. Só apanhou do pai uma vez, levou uma única surra. Já não era tão criança, estava com treze anos, mas aparentava mais. Os pêlos já haviam crescido nas pernas, a voz não tinha mais o timbre infantil. Foi quando o pai chegou em casa inesperadamente e surpreendeu Tiago comendo o Turquinho. Turquinho era mais velho, morava na vizinhança. Quando o pai de Tiago entrou no quarto feito um furacão, Turquinho levantou as calças e correu embora. O pai tirou a cinta, dobrou-a em duas e castigou Tiago sem dó. O menino ali, apavorado, completamente nu diante do pai, o traseiro dolorido com os vergões das cintadas. Então o pai olhou nos olhos do filho e, tremendo, agarrou com mão firme os bagos do garoto, fazendo-o se curvar de dor, de uma dor mais intensa que a que ainda sentia na bunda lanhada.

"Que nunca mais isso aconteça", disse o pai. "Eu mato você se o pegar de novo trepando com essa bichinha ou com qualquer outro garoto. Você nunca mais vai olhar na cara desse Turquinho e, se cruzar com ele na rua, trate de mudar de calçada. Guarde bem na sua cabecinha: se acontecer de novo, eu mato você. Por mais que o ame, prefiro ter um filho morto a ter um filho bicha." O pai apertou com mais força os colhões do menino, fazendo-o gemer mais fundo, e arrematou o sermão: "Arranco seus bagos e deixo você sangrar até morrer. Estamos entendidos?".

Saiu do quarto e deixou o filho chorando no chão, morto de dor e de vergonha. Nunca mais tocaram no assunto. Como se nunca tivesse acontecido, o pai pôs uma pedra em cima. Mas Tiago nunca se esqueceria.

Dias depois, Turquinho bateu em sua casa numa hora em que o pai não estava. Tiago abriu a porta apenas para dizer:

"Vá embora. Meu pai me proibiu de falar com você."

"Só vim me despedir. Estamos mudando amanhã cedo."

"Não quero saber de nada, vá embora daqui. Se mande. Já disse que meu pai proibiu a gente até de conversar."

"Ele proibiu, é?, seu burro. Você não vê que ele está com ciúme? Ciúme de você fazer comigo o que ele pensa que só ele pode fazer. Para quem você pensa que eu dei pela primeira vez? Pensa que foi para você, é? Não foi, não, viu? Foi para o seu velho. E até hoje ele vive atrás de mim, babando feito um cachorrinho."

Tiago bateu a porta na cara de Turquinho e nunca mais

o viu de novo. "Sua bichinha mentirosa, caluniadora. Safada." Nunca comentou nada com ninguém. Pôs uma pedra em cima.

No banheiro, de volta ao presente, segurou os testículos com as duas mãos, talvez para certificar-se de que estavam intactos. Fazia isso às vezes, inconscientemente. Penteou o cabelo mais uma vez, conferiu os dentes no espelho e imaginou o quanto o pai ficaria feliz em conhecer Luísa.

16

Às três e quinze, Paixão foi informado do quarto assassinato. O corpo de um homem acabara de ser encontrado no Parque Ecológico do Tietê, em Engenheiro Goulart, na zona leste. Estava nu e tinha a garganta cortada. A boca estava cheia de folhas e uma tira de pano fora amarrada na cintura.

Acontecera na jurisdição da Homicídios Leste, mas o caso seria de Paixão se fosse mais um crime do sacrificador, e tudo indicava que era. Paixão estava indo ao local do crime fazer a confirmação.

Será que Fernando já voltara do hospital? Entrara no plantão na noite anterior e dissera-lhe que só trabalharia oito horas. Paixão ligou e ele estava em casa. Não parecia muito feliz ao telefone, mas aquele era o jeito dele, pensou o delegado. Será que Luísa contara alguma coisa da noite anterior? E se ele não tivesse gostado, o que é que Paixão tinha com isso? "Foda-se", pensou. Bem, Paixão ficaria agradecido se Fernando pudesse ir com ele ao parque do Tietê, na cena de mais um assassinato, que parecia ter tudo a ver com os casos de sacrifício.

— Está dizendo que houve um quarto caso?

— Pois é, temos mais um cabrito degolado, não sei para que orixá, mas você vai saber assim que chegarmos lá. Por isso preciso de sua ajuda, se puder ir comigo.

— O investigador Feliciano não pode ir?

— Está fora numa diligência.

— Se você acha que eu seria de alguma utilidade...

— E está livre agora?

— É, posso ir. Só fico um pouco constrangido de chegar lá com a polícia.
— Você não vai chegar lá com a polícia, vai chegar comigo.
— Está bem. Se eu for de metrô, chego mais depressa. Você pode me pegar na estação Luz?
— Claro. Em quanto tempo?
— Só vou vestir uma roupa. Daqui a uma meia hora estou chegando.
— Estarei lá. E Luísa, ela está em casa?
— Saiu para trabalhar. Deve voltar depois das sete.

Na volta veria Luísa, pensou Paixão. Continuava achando que Fernando estava meio estranho no jeito de falar, no tom da voz. Será que ele ia se opor ao namoro deles? Ou o quê?

Falaram pouco durante o percurso. Paixão ligou o rádio numa estação FM. A letra da canção dizia: *Mande notícias do mundo de lá, diz quem fica, me dê um abraço, venha me apertar, tô chegando.* Fernando seguiu os versos cantarolando junto, mas logo se calou, inibido. Seguiram ouvindo o rádio quase sem falar.

Foram recebidos pelo pessoal do 50º DP e por mais alguém do DHPP, mas da delegacia Leste. Em seguida chegaram a investigadora Vera, dois peritos e o escrivão Carlito. Os jornalistas, fotógrafos e cinegrafistas, mantidos a uma pequena distância, haviam chegado antes do pessoal da Homicídios. Paixão apresentou seu acompanhante como o "doutor Fernando Lupo, médico e especialista em religiões afro-brasileiras, meu cunhado". Fernando estava de branco. Seria para justificar sua presença na condição de médico?, Paixão havia pensado. Ou estava vestido de macumbeiro? Fernando achou que fora preconceito Paixão apresentá-lo como "especialista" e não como mero devoto do candomblé. E se surpreendeu com o parentesco atribuído a ele.

Era uma imitação grosseira. O assassinato não podia ser obra do sacrificador. A presença de Fernando foi decisiva para resolver logo o assunto.

O assassino preparara tudo para que o crime se parecesse com os três casos que a imprensa chamava de "sacrifícios humanos". O morto, um homem branco de uns trinta e cinco anos, tinha a boca cheia de folhas, mas eram folhas de grama do parque. Uma tira de pano estava amarrada na cintura, mas era uma gravata, provavelmente a que a vítima estava usando antes de ser golpeada. Tinha um rombo na cabeça, certamente produzido por uma paulada, disseram os peritos. Sua roupa estava jogada a poucos metros do cadáver: calça, camisa, cueca, meias e paletó. Os bolsos estavam vazios. Mais tarde foi identificado como representante de material de manutenção de piscinas. Morava na Vila Carrão e, por enquanto, só Deus sabia como fora parar no parque do Tietê, aonde não costumava ir, segundo depoimento da esposa. "Ele ia fazer o que lá? Só tem uns campinhos de futebol, pista de corrida e muito mato para a moçada puxar fumo."

Pormenores importantes: as roupas estavam sujas de sangue, havia botões arrancados e o zíper da calça estava arrebentado. O colarinho e o peito da camisa eram um emplastro marrom-escuro de sangue endurecido. Foi uma pá de cal na hipótese de que se tratava de mais um crime do cuidadoso sacrificador.

— Definitivamente, não tem nada a ver com as outras mortes. O sacrificador mata a vítima já despida e ainda organiza as roupas — explicou Paixão, sempre com o assentimento de Fernando. — O assassino deste aqui é um bagunceiro, olhem só a desordem que ele fez. E ainda jogou cada sapato para um lado.

— E orixá não come grama nem usa gravata — completou Fernando.

— Não usa gravata — repetiu Paixão. — Não é matança de cabrito nem de carneiro, nem mesmo de um franguinho. É matança de um homem mesmo. O assassino quis disfarçar para entrar na onda, compreendem? Mas faltou conhecimento especializado, não é, doutor Lupo?

Fernando estranhou ser chamado pelo sobrenome. E não gostou do tom do comentário sobre o conhecimento especializado requerido naqueles casos de matança, conhecimento dele, Fernando.

Paixão dirigiu-se ao colega da delegacia Leste:

— Meu caro, estou devolvendo a bola para vocês. Amanhã mesmo passo para vocês o relatório das nossas conclusões de hoje. Precisando, estamos no andar de baixo.

Eram oito e pouco quando chegaram à casa de Fernando. Luísa ainda não chegara. Fernando convidou Paixão para entrar e esperar por ela.

— Será que não vou atrapalhar você?

— O que é isso, cara? Entre logo.

Assim que entraram, Luísa telefonou. Ia passar a noite com Nice, que ia dormir em sua casa pela primeira vez desde a morte de Caio, e Luísa fizera questão de lhe fazer companhia.

17

Os jornais não foram nem um pouco claros a respeito do crime do parque do Tietê. Embora as autoridades ouvidas dissessem que não se tratava de mais um crime do sacrificador, a mídia preferiu enfatizar que o degolado estava nu, com a boca cheia de folhas etc. etc. Como se fosse igualzinho aos três casos anteriores, e não era. Nessa altura dos acontecimentos, o desconhecido matador, ou matadora, já era chamado por todos de "o Sacrificador". Fernando chamara a atenção de Paixão para não usar os termos sacrificador e sacrifício, porque isso só prejudicava a imagem de sua religião. Dava a impressão de que se tratava mesmo de sacrifício humano, o que era um absurdo e só fortalecia o preconceito. Paixão concordava integralmente, os termos eram inadequados, politicamente incorretos, mas fazer o quê? O apelido já pegara.

Paixão estava no Trópico comendo e tomando seus remédios. No caminho fumara metade de um cigarro e estava se sentindo terrivelmente culpado, "sou um frouxo mesmo". Relia os jornais que dona Arcanja havia separado para ele, quando ouviu Ernesto gritando seu nome e acenando do balcão do bar.

— Olhe, doutor, ali, na televisão. — O garçom apontava para o televisor fixado numa parede.

Paixão levantou-se e chegou mais perto. Um plantão noticioso estava mostrando a invasão de um terreiro de candomblé por um grupo de pessoas aparentemente enfurecidas. Depois de imagens confusas do quebra-quebra, o repórter disse que um candomblé da Vila Mazzei, na zona norte, fora invadido por fiéis de uma igreja pentecostal, que destruíram as instalações do templo e surraram os filhos-de-santo. No muro do terreiro haviam pregado, ostensivamente, uma faixa com os dizeres "Basta de sacrifícios humanos ao demônio. Jesus Cristo é o Salvador". A mãe-de-santo, uma senhora branca, de setenta anos, teria tentado conversar com um homem que aparentava ser o líder dos invasores e acabou sendo internada no hospital do Mandaqui com um braço quebrado e escoriações variadas. Uma filha-de-santo, no quarto mês de gravidez, teria abortado. Dariam mais notícias nas outras edições.

— A guerra começou — disse Paixão para si mesmo.

O celular tocou quando caminhava depressa na Brigadeiro para o Palácio da Polícia. Era Luísa, assustada com a notícia da invasão. Contou que conhecia o terreiro.

— É a casa de mãe Máris de Omulu. Ela é minha madrinha no candomblé.

— Vocês são parentes?

— Parentes-de-santo. Além de minha madrinha, ela é prima de minha mãe.

— Então foi uma agressão à família religiosa de mãe Aninha.

— Se não foi de propósito, foi uma grande coincidência.

Antes que a manhã terminasse, mais um assassinato: uma mulher com o pescoço cortado, encontrada em casa, em Parelheiros. O Sacrificador deslocara-se para o extremo sul da cidade. A caminho do local do crime, Paixão pegou Fernando em casa. Dessa vez Fernando foi de jeans, tênis e camiseta. Paixão aproveitou o percurso para se informar melhor sobre as relações de parentesco no candomblé. Fernando estava preocupado com a agressão sofrida por mãe Máris e seus filhos, embora não gostasse dela nem dos hábitos de seu terreiro. "Esse cara não gosta de ninguém, acho que só gosta dele mesmo", pensou Paixão.

A morte era verdadeira, mas a encenação, falsa. Erros elementares. Alguém matara a mulher e copiara os pormenores grosseiramente. Todo o simbolismo referente ao sacrifício que vinha sendo divulgado nos jornais, rádio e televisão era vago. "Vamos manter a informação nesse nível, nada de detalhes", fora uma combinação do pessoal da Homicídios. Mesmo com as informações imprecisas, os dois últimos cadáveres estavam arrumados para parecer obra do Sacrificador. Estava virando moda.

Estava mesmo, mais rápido do que se imaginara. Depois de um chamado pelo rádio da viatura que acompanhara o carro de Paixão, foram direto de Parelheiros para o Sacomã conhecer de perto mais uma suposta vítima do Sacrificador, a sexta. Ali, realmente, não tinha nada a ver. Uma mulher velha fora morta a machadadas e o braço maior de um crucifixo havia sido enterrado no crânio por uma brecha aberta na testa. Seguindo grosseiramente o modelo em moda, tinha a boca cheia de salsinha e cebolinha e trazia amarrada na cintura a bandeira nacional.

— Já chegamos ao ponto das variações criativas — comentou Paixão.

— Esta aqui foi criativa demais — disse Fernando.

Apesar do absurdo da cena verde-amarela, o assassino tivera a preocupação de acompanhar, tanto quanto possível, o modelo do Sacrificador, que parecia estar reduzido, na imaginação popular, a três elementos básicos: pescoço cortado, folhas na boca e pano na cintura. Mas, e o motivo?

— O assassino de Helena, Lia e Caio tinha um motivo — falou Fernando. — Acreditamos que seja um motivo único, certo? Agora, os que mataram esses últimos três deviam ter cada um suas próprias razões, certamente diferentes das do primeiro matador. Mas a motivação para enfeitar a vítima como se fosse um trabalho do matador original pode ser a mesma: fazer a coisa parecer o que não é. Fica parecendo que o motivo dos assassinatos é único, embora a gente saiba que são iguais apenas na aparência.

— Para o povão e grande parte da imprensa é a aparência que importa — completou Paixão, mantendo o tom quase professoral da conversa. — É por isso que, para nosso azar, essas mortes vão se somando como iguais e compondo um único grande motivo.

— Que por sua vez inspira, instrumentaliza e justifica outros assassinatos.

— Sem dúvida. É a lógica do justiceiro coletivo, como diria João do Carmo. Uma vez que, no início, as mortes foram revestidas de uma aura religiosa, seja ela falsa ou verdadeira, o ato de matar se sacraliza toda vez que o padrão é seguido. Forças do outro mundo, do bem e do mal, depende de que lado se olha, podem ser invocadas a favor do criminoso. Desde que o rito seja seguido à risca.

Fernando disse:

— De certo modo, o assassino é levado por uma onda. Sua culpa se esvai, porque ele também é vítima. Vítima da moda. A razão para matar fica acima do discernimento do assassino, é quase um impulso, um desejo plenamente justificável. Os crimes, então, como disse você, devidamente sacralizados, se propagam com facilidade.

— Como Carmo imaginou. O melhor motivo para o crime é a imitação. O homicida se sente como se o motivo ficasse fora dele.

Paixão tinha se empolgado com a conversa. Carmo dizia que ele era um delegado mais cabeça que investigação.

Continuou, animado:

— Veja, o primeiro assassino criou uma assinatura, como você mesmo gosta de dizer, e os que o seguiram estão usando a assinatura dele, falsificada, é claro. Nós sabemos como autenticar a assinatura, que é o que temos feito juntos, mas, para quem não sabe, é tudo a mesma coisa. É onde o assassino falsificador pensa que pode se esconder, apagar sua identidade de criminoso. O falsificador é aquele que deseja, antes de mais nada, encobrir que é ele o verdadeiro autor da obra que ele forja.

Depois de um breve momento de silêncio, Paixão completou, compenetrado, como quem tem uma grande sacada:

— Se pegarmos o Sacrificador, o verdadeiro, estaremos destruindo sua assinatura, e ninguém mais poderá tentar jogar nas costas dele os seus crimes particulares. Além do mais, quando o Sacrificador for descoberto, e todos souberem que se trata apenas de um criminoso comum, homem ou mulher, o mito em que ele se transformou cairá por terra e, com a queda do mito, o rito se esboroa, não serve mais para nada.

A inclinação de Paixão pelas explicações teóricas estava mais do que demonstrada. Ele disse ainda:

— Demolindo a possibilidade do disfarce, botamos um fim nos sacrifícios, acabamos com a moda que o Sacrificador criou sem saber como.

— Gênio!

Por não fazerem parte dos crimes "verdadeiros" que Paixão investigava, as duas últimas mortes seriam investigadas por outras equipes da delegacia Sul, enquanto o crime do parque do Tietê estava com a delegacia Leste. Mas Paixão sabia que teria que ajudar na identificação de outros casos que aconteceriam, se a teoria estivesse correta. Todas aquelas idas aos locais dos crimes atrapalhavam o inquérito dos três casos iniciais. Ele não podia ficar se deslocando toda vez que surgisse um defunto com a boca cheia de capim, nem podia ficar levando Fernando para cima e para baixo. Fernando já estava até gostando de ser de sua tropa amadora, ele achava, mas também já despertava ciúme nos seus auxiliares. Sem contar que precisava cuidar da própria vida. Seria necessário preparar um esquema especial para atender aos chamados.

Paixão pensou em montar uma espécie de plantão telefônico de triagem do crime, tendo à frente seus investigadores. Sempre haveria um deles na delegacia e, quando algum chamado fosse encaminhado, na hipótese de ocorrência de homicídio com aspectos semelhantes aos do Sacrificador, o plantonista apresentaria uma série de perguntas que deveriam ser respondidas, por telefone, pelo pessoal que estava na cena do crime. Tratava-se de investigar se havia uma "assinatura" do Sacrificador, se a arrumação da cena do crime seguia o padrão dos três crimes iniciais.

Paixão cuidaria pessoalmente dos casos com "assinatura verdadeira". Os casos considerados falsos teriam outro encaminhamento, o que permitiria economizar tempo e trabalho, pelo menos nos casos de falsificação mais grosseira. Paixão não precisaria se envolver diretamente e, assim, teria mais tempo para cuidar dos três crimes básicos que originaram a febre do Sacrificador e daqueles mais que viessem a ser supostamente cometidos pelo mesmo autor.

Em vez de voltar imediatamente à delegacia, Paixão parou na casa de Fernando e, em duas horas, os dois prepararam o questionário e o gabarito de respostas para uso do plantão telefônico de triagem, que acabou sendo chamado pelos dois de "plantão de assinaturas".

O questionário traçava o perfil da apresentação da vítima, comparando-se o que se via na cena do crime com o modelo ideal do Sacrificador. Por exemplo, um critério afirmativo era a boca com folhas rigorosamente apropriadas. Somente as folhas atribuídas a cada um dos orixás eram válidas. Salsinha, grama, como já acontecera, e outras fora da lista preparada por Fernando pesavam para a não-autenticação da assinatura. No item roupas, perguntava-se se o cadáver estava despido e se as roupas que supostamente usava antes de ser assassinado estavam arrumadas ou jogadas de qualquer jeito. Havia uma faixa amarrada na cintura do morto? "Consultar tabela de cores válidas." E assim por diante.

Ao final da aplicação do questionário, o plantonista somaria os pontos dos quesitos e daria a conclusão de acordo com uma escala. Em caso de dúvida, consultaria o delegado Paixão, que por sua vez poderia recorrer ao investigador Feliciano ou ao doutor Fernando Lupo. O delegado Paixão faria a revisão de todos os relatórios.

O gabarito devia ser mantido a sete chaves, pois continha a receita do sacrifício perfeito. Se fosse divulgado, seria o caos. Por isso, todos os seus auxiliares deveriam ser muito bem treinados.

O primeiro teste aconteceu no fim daquela mesma tarde e deu negativo. Mas como o instrumento de avaliação ainda estava em prova, ponderou Paixão, ele tratou de enviar Feliciano ao local do crime, acontecido, dessa vez, em Cotia, próximo à rodovia Raposo Tavares. Por ter sido praticado em outro município, o homicídio estava fora da alçada do DHPP, mas, nessa altura, com a brutal audiência dos crimes na televisão e nos outros meios de comunicação, que delegado iria querer tocar o caso sem antes ouvir a equipe especializada de Tiago Paixão? Feliciano foi e voltou entusiasmado com a fidedignidade do instrumento. O resultado negativo obtido por meio do questionário foi perfeitamente confirmado pelo exame no local do crime. O instrumento de avaliação foi aprovado no pré-teste.

Enquanto isso, a investigadora Vera, que Paixão designara para passar os dias no shopping Bixiga à procura de algum rastro dos negócios e ligações de Caio, trouxe novidades que mereciam comemoração. Helena, Lia e Caio se conheciam, pois haviam sido vistos juntos várias vezes, os três ou em combinações dois a dois. Do que falavam e o que faziam, ninguém sabia.

— Helena Ferrari era lésbica?

— Isso não sei, mas era amiga de uma figura manjada no mundo gay. Lia Casalegre também. Tomavam lanche juntos, conversavam com freqüência e certamente tratavam de negócios.

— Drogas?

— Parece que não, mas algum outro tipo de transação escusa, provavelmente de natureza sexual.

— E a tal figura manjada?

— Um homossexual que vive de organizar shows de travestis, produzir *strip-tease* de rapazes, arranjar encontros entre clientes e garotos de programa, descobrir talentos para filmes pornográficos. Negócios do sexo.

— De homem para homem.

— Isso. Uma espécie de cafetão de boys, como disse minha informante. O nome da bicha é Daddy, com dois dês e ípsilon. Daddy Gabriel, também conhecido pela alcunha de Empresário.

— Apelido sugestivo.

— Mais explorador que empresário. Explorador de rapazes. Cada figura escrota que aparece, não é, doutor?

— Ele deve saber de coisas que nos interessam. Vamos a ele.

— O problema é que o Empresário está sumido, desapareceu. Evaporou na véspera da morte da primeira vítima, a Helena Ferrari. Eu chequei as datas.

— Tentou a casa dele?

— A bicha não tem casa. Não mora em lugar nenhum.

— O que é isso, um sem-teto cor-de-rosa? — Paixão imediatamente se deu conta de que, se a expressão tivesse saído da boca do Carmo, ele teria dito que era preconceituosa. E daí?, ele era apenas um delegado, se desculpou para si mesmo. Vera já estava dizendo:

— O Empresário mora em hotéis baratos, não tem endereço fixo e se muda de um lugar para outro de acordo com os negócios. Às vezes está em São Paulo, às vezes no Rio, depois vai para Belo Horizonte, Curitiba. Onde quer que exista a possibilidade de negócios, espetáculos e serviços para uma clientela gay, lá vai o Empresário. É assim que ele sobrevive. Pode estar agora em qualquer lugar do país onde haja uma boate gay, uma casa de prostituição homossexual, uma sauna de programa ou até um grupinho de homens endinheirados que gostem de importar uns garotões sarados para uma festinha de embalo.

— Ele tem que ter ao menos um celular.
— E tem. Foi fácil descobrir o número.
— E?
— "Desligado ou fora da área de serviço." Tentei mil vezes. O Empresário sumiu mesmo.
— Temos que achar esse cara. Alguém deve saber onde ele está. Vamos começar a procurar nos lugares mais óbvios, os estabelecimentos onde ele produziu espetáculos com certa regularidade. Faça uma lista dos bares, boates, saunas e outras casas do tipo para os quais ele trabalhou.
— Já estou fazendo. Também acho que algum garoto de programa dos que fazem ponto na rua poderia nos dizer onde ele está.
— Aí o universo da investigação ficaria demasiadamente grande. Teríamos que incluir pelo menos as imediações da rua Vieira de Carvalho e o entorno do parque Trianon. Não, prostitutos de rua estão excluídos. Queremos só os que ele eventualmente agenciava.
— Mas é na rua que ele pega os melhores espécimes. É um *talent scout*. Algum garoto pode saber por onde ele anda.
— É, mas não temos condição. Vamos nos concentrar nos locais fechados, de preferência com telefone. Você continua com a bola. Vire *habituée* do shopping Bixiga, vá ao cinema, coma por lá.
— Temos verba para isso?
— Que verba?
— Para o cinema, para o lanche...

— Eu daria graças a Deus se tivéssemos verba para consertar as viaturas quebradas.
— Sabia.
— E trate de se fazer do meio. Disfarce, assuma um pouco o seu lado sapatão.
— Eu, hein, doutor. Está me estranhando?
— Brincadeira, Vera. Precisamos relaxar um pouco.

Paixão pôs uma pastilha na boca. Acendeu um cigarro, que apagou em seguida e jogou no lixo.

18

Nos três dias seguintes, novos assassinatos se concretizaram numa velocidade, extensão e requinte que a teoria Vieira-Paixão-Lupo não teria como prever. Ainda que os crimes fossem esperados, o delegado e sua turma foram colhidos por uma vertigem que os deixou sem chão sob os pés. Antes que a quarta-feira chegasse ao fim, doze mortes foram contabilizadas, das quais oito em São Paulo e quatro em outros municípios da região metropolitana. Matança que se instalou, aliás, sem prejuízo dos assassinatos habituais que já faziam parte do cotidiano das cidades.

Nenhum desses casos de sacrifício presumido passou no teste de autenticação, mas o modelo do Sacrificador continuava sendo imitado. Em dez dos crimes, os mortos tinham a garganta cortada, folhas na boca e faixa na cintura. A febre estava instalada.

Cada vez mais, acreditava-se que as mortes eram sacrifícios humanos de autoria do candomblé, que deixava, finalmente, cair a máscara e escancarava sua missão satânica. Eram sacrifícios para o diabo, para propiciar sabe lá o quê. Certamente alguma desgraça insuperável promovida pelo mal. Os boatos e os sentimentos de medo se alastravam. A campanha religiosa antiafro-brasileira crescia. Muitas igrejas cristãs se empenhavam na difusão dessa convicção, e seus fiéis, com medo, reagiam como podiam: pela violência.

Outros dois terreiros foram invadidos e alguns ataques menores aconteceram. Nas imediações da estação Tatuapé do metrô, a polícia conseguiu impedir o linchamento de um pai-de-santo, que inadvertidamente saíra à rua em trajes rituais: abadá africano, colares no pescoço e turbante na cabeça. Não conseguiu, entretanto, livrá-lo de uma boa sova.

Começaram a chegar informes de outras ocorrências: incêndio de um terreiro em Artur Alvim, agressões físicas e morais a filhos-de-santo que saíram alardeando sua identidade religiosa em lugares pouco apropriados e vários conflitos de rua.

No início, não havia elementos suficientes para afirmar se esses eventos que não incluíam assassinato se relacionavam aos supostos sacrifícios. Eles estavam sendo tratados no âmbito dos distritos policiais, mas a cúpula da Polícia Civil já pensava em criar uma central especial de vigilância e ação, sob responsabilidade do delegado João do Carmo Vieira, cujas atribuições seriam assim ampliadas. Enquanto isso, Tiago Paixão continuava com os casos de autoria atribuída ao matador original e dirigia o "plantão de assinaturas", que também ganhou o nome de central de autenticação. Os homicídios descartados pela triagem eram investigados de acordo com a praxe costumeira. Alguém na Homicídios chamou um desses crimes de apócrifo e, a partir daí, já que estava em voga a imitação, todos os crimes de degola com aparência de sacrifício, mas que não se enquadravam na categoria dos homicídios perpetrados pelo dito legítimo Sacrificador, passaram a ser chamados assim: apócrifos.

Na manhã de sexta-feira, o delegado titular da Homicídios Sul, doutor Carmo Vieira, transferiu quatro investigadores e dois escrivães de outras equipes para a equipe de Paixão, e três turmas passaram a operar alternadamente o "plantão de assinaturas". Paixão designou Feliciano para treinar e supervisionar o pessoal encarregado de atender às chamadas telefônicas.

A investigadora Vera seguia a pista de Daddy, o Empresário, em tempo integral. Iracema foi encarregada de organizar todas as informações que chegavam via fax e e-mail dando conta dos novos casos de assassinatos à moda do Sacrificador, das invasões de terreiros e outras agressões variadas.

No correr dos acontecimentos, dona Arcanja, a proprietária da banca de revistas, entrou para a tropa dos ajudantes amadores e voluntários do delegado Paixão. Selecionava as notícias de jornal, recortava as matérias e organizava tudo num dossiê. Paixão pagava de seu bolso os jornais e revistas consumidos. Toda vez que encontrava Paixão, ela dizia: "Tenho fé em Deus que o senhor vai pegar esses macumbeiros desgraçados". "Amém", respondia Paixão, não querendo contradizê-la quanto aos "macumbeiros desgraçados" para não criar uma rusga inútil.

No sábado, outros estados da federação aderiram à nova mania, que se espalhava feito peste.

O primeiro alerta veio do Rio de Janeiro, mais precisamente de Duque de Caxias. A encenação fora muito bem conduzida. Paixão passou horas ao telefone falando com a polícia fluminense. No final da tarde, foi a vez de Salvador, na Bahia. "O berço do candomblé não podia ficar ausente", observou Fernando.

Entre um telefonema e outro, uma diligência e outra, Paixão acompanhava o noticiário de televisão num aparelho instalado em sua sala.

O televisor foi de grande utilidade. Zapeando em busca de notícias, Paixão constatou que uma rede de TV pertencente a uma igreja estava, subliminarmente, conclamando seus seguidores, e os das igrejas co-irmãs, a se mobilizarem para "a grande luta final do bem contra o mal", devendo cada um se preparar para "marchar em campo de batalha ao lado do Senhor contra o demônio", que estaria sendo homenageado e fortalecido pelos sacrifícios de maneira vil. Ao dar-se conta do desastre que se armava, Paixão ligou para João do Carmo. A tal rede de TV deveria ser calada imediatamente. O Ministério das Comunicações, a Polícia Federal, o Ministério Público e outras instâncias pertinentes tinham que ser contatados com urgência, mas a iniciativa tinha que partir de cima, da alta cúpula da polícia, achava Paixão.

— Não existe mais censura no Brasil, meu caro. Não sei se alguma coisa pode ser feita, a não ser chamar os donos dessa joça para uma conversa — foi a resposta de Carmo.

— Pois então vamos chamar. Você podia falar com o Ferrante e o Campello.

— Se recorrermos ao diretor e ao divisionário, eles vão achar que não estamos dando conta do recado. Vou telefonar pessoalmente ao bispo que é o dono da rede. Quem sabe ele se mostra sensível aos nossos argumentos.

— Não custa tentar.

No domingo, o Sacrificador descansou, e seus imitadores também. Não houve assassinatos, nem autenticados nem apócrifos. Paixão foi passar o dia na casa de Carmo e, por sugestão de Teresa, levou Luísa. Foi muito bom. Durante todo o dia, Paixão não acendeu um só cigarro e se sentia bem: nada de enjôo e dor de cabeça. À noite, deixou Luísa em casa e rumou para seu apartamento na rua Bela Cintra.

Começava a chover. O trânsito na avenida Paulista estava lento, com muita gente voltando do cinema, do passeio, do domingo na casa da sogra. Ligou o rádio, mas a recepção era ruim, com todas aquelas torres de retransmissão no alto dos prédios. Parado no semáforo, ouviu entre chiados um pedaço de comentário sobre o final da semana e o começo da seguinte: "Que novidades o Sacrificador vai nos trazer amanhã?", perguntou-se o radialista. Paixão não queria ouvir. "Merda, merda", o domingo estava acabando. Desligou o rádio.

Entrou na Augusta e deu uma volta pelo bairro até achar uma farmácia. Depois parou numa padaria e comprou cigarros. A chuva diminuía. Mais algumas quadras e estaria em casa. Abriu a porta e já foi tirando os sapatos e as meias, que jogou para qualquer lado. Tirou a camisa respingada de chuva e a calça, que também jogou no chão, pôs um CD para tocar e, com pouca luz, deitou-se no sofá. Só queria relaxar, curtir o bom do domingo, deixar o sono chegar. Mas não pôde deter as preocupações que se intrometiam nos seus pensamentos, antecipando a semana que começaria em poucas horas. Fumou três cigarros um após o outro, sem censura. Foi pior: ficou com dor de cabeça e teve um acesso de náusea. Só de pensar no cheiro do fumo, já ficava enjoado.

Numa das idas ao banheiro, para vomitar, levou o maço de cigarros e jogou um por um no vaso sanitário. Quando deu a descarga, estava convencido de que, na biografia de Tiago Augusto Paixão, aquele seria o dia em que ele parara definitivamente de fumar. Sentia a testa fria e molhada, teve calafrios. Tomou um antiemético, que não conseguiu segurar no estômago, pensou em fazer um chá, mas detestava chá, nem tinha em casa.

Lá pelas três horas, sentiu que o sono chegava. A chuva havia passado, e estava quente. Dormiu pensando em Luísa, que o protegia, no Sacrificador, que ameaçava cortar seus bagos, em mãe Aninha, que disfarçava mas não escondia o medo de ver seu mundinho desmoronar. Imaginou Fernando entrando descalço pela porta com uma faca na mão, buscando seu pescoço e seu sexo. Que absurdo, pensou, sem ter certeza se sonhava. Virou-se na cama, molhado de suor, concentrou-se na imagem de Luísa, sentiu-se melhor, reconfortado. Teve vontade de se masturbar para se sentir mais perto dela, não conseguiu. Teve a impressão de que trovoava, talvez estivesse mesmo sonhando.

Amanhã ele resolveria tudo, o diazepam estava fazendo efeito, puta que pariu, que bom, amanhã ele resolveria.

19

A segunda-feira foi pior do que o esperado, tudo parecia fora de controle. Quer dizer, fora do controle da Polícia Civil. No mais, tudo prosperava: os assassinatos, as invasões a templos, as agressões a religiosos.

Um episódio emblemático mostrou que, uma vez iniciada a guerra, vítimas e algozes, reais ou imaginários, podiam surgir também fora dos campos abertamente adversários. Bastava alguém apresentar alguma marca de compromisso religioso para se transformar em vítima potencial. O fanatismo servia de fermento poderoso.

O acontecido envolveu um grupo de doze freiras de uma ordem contemplativa reclusa. As doze religiosas da irmandade, num gesto completamente inusitado, deixaram a segurança do claustro para peregrinar a Aparecida do Norte e rezar aos pés da Padroeira do Brasil. Antes de sair da capital, a van das monjas trafegava pela avenida Marginal do Tietê em direção à rodovia Ayrton Senna quando, perto da ponte das Bandeiras, foi fechada por outro veículo e empurrada para dentro do rio. O motorista conseguiu sair ileso da van, mas as doze religiosas morreram afogadas nas imundícies do Tietê. Podia ter sido simplesmente um acidente de trânsito, mas, por se tratar da morte de monjas, logo o acidente foi incluído no rol dos crimes supostamente cometidos por razões religiosas. O suposto agressor fugira sem que ninguém visse quem era nem que carro dirigia. Mas não faltou quem afirmasse ter visto adesivos com frases religiosas no veículo fujão.

Começava o vale-tudo.

Os crimes do Sacrificador, engordados pelos apócrifos, mais os incidentes paralelos, ganharam conotação política. Ampliava-se o número dos desejosos de enfiar o dedo no bolo, e começaram a se manifestar os mais diferentes interesses.

O movimento negro já estava presente, representado por algumas de suas facções, posicionadas em geral a favor do candomblé, mas sem unanimidade. Afinal, havia algum tempo o candomblé deixara de ser religião étnica, de negros, para se transformar numa religião para todos. Além do quê, a maioria dos negros não católicos era pentecostal. As diversas federações do culto afro-brasileiro, que supostamente deveriam ter sido as primeiras a se manifestar, começavam a se mexer. Vereadores e deputados vinham a público com declarações conflitantes. Afinal, a religião estava metida na política partidária para fazer política em benefício próprio, cada igreja por si e Deus por todas.

Um deputado de esquerda, defensor das causas das minorias e que gostava de se mostrar simpatizante das religiões afro-brasileiras, organizou e presidiu, na tarde da segunda-feira, "um grande e democrático evento ecumênico em prol do diálogo e da paz entre as religiões". O evento aconteceu no auditório Franco Montoro do Palácio Nove de Julho, sede da Assembléia Legislativa paulista.

Apesar de anunciado e convocado como ecumênico, o ato acabou se transformando em estritamente afro-brasileiro. Lideranças protestantes e católicas, devidamente convidadas pela assessoria do deputado, não deram as caras. Com a ausência dos contendores cristãos, os pais e mães-de-santo aproveitaram a oportunidade da reunião para brigar entre si. Como não raro acontece, pois as casas-de-santo vivem em permanente disputa, concorrendo umas com as outras, acusando-se mutuamente de quebra da tradição, uso indevido de ritos, falsificação das origens genealógicas do terreiro, ilegitimidade da iniciação do próprio pai ou mãe e outros abusos.

Os sacerdotes reunidos na Assembléia só conseguiram se juntar numa mesma força coesa no momento dos cânticos de encerramento, sem que tivessem chegado a algum acordo sobre medidas efetivas a tomar na defesa de sua religião. Que cada um cuidasse de seu terreiro, foi a conclusão do conclave.

Antes de se dispersarem, os manifestantes se alinharam no palco para o registro oficial do evento pela imprensa escrita e televisionada. As imagens da pose coletiva foram amplamente divulgadas pelos jornais e pela televisão.

Paixão se perguntou se elas não seriam usadas pelos líderes do outro lado para identificar os "cabeças do diabo" e traçar planos de guerra. Expunham-se ao inimigo sem se dar conta de haver fracassado numa tentativa de unir forças.

— Também pensei nisso — disse Fernando. — Apesar de eles serem da minha religião, tenho que dar o braço a torcer: tem muito pai-de-santo burro por aí.

— São apenas pessoas simples — corrigiu Luísa.

— São simples, sim, mas não precisavam ser também ignorantes, que é o que a maioria é — insistiu Fernando.

"Cacete!", pensou Paixão, "Fernando está se revelando." Fernando raramente se identificava com as pessoas que seguiam sua religião, especialmente aquelas ligadas a outros terreiros. Dava a impressão que o mundo do candomblé, para ele, se limitava ao terreiro de mãe Aninha.

À noite, em cadeia de rádio e televisão, entre um segmento e outro da novela, falou o governador.

Primeiro expôs a política de segurança pública de seu governo, mostrando com números e gráficos os sucessos alcançados na redução dos índices e taxas de homicídios, latrocínios, estupros, assaltos, roubos de carro, arrombamentos de domicílios etc. Forneceu substanciosa munição para seus opositores, certamente obrigando os jornais, nos dias subseqüentes, a cederem espaço aos diversos ataques ao discurso do governador. Diriam os críticos que o governo teria mudado os critérios de classificação e registro dos crimes, reduzindo artificialmente os indicadores sem alterar a realidade. Com a discussão acesa, pelo menos haveria menos colunas livres nos jornais para os crimes sacrificiais, imaginou Paixão, esperançoso.

O governador tratou em seguida dos assassinatos que tiravam a tranqüilidade dos cidadãos. Garantiu que a polícia estava trabalhando com competência exemplar e usando de todos os meios humanos, materiais e científicos disponíveis. Prometeu que em breve, questão de dias, horas, os crimes estariam solucionados e os criminosos, devidamente encarcerados. Os cidadãos de bem podiam dormir sossegados.

Tiago Paixão, Carmo Vieira e outros receberam a mensagem do governador como um ultimato à Polícia Civil.

20

Vera, a investigadora que andava no encalço de Daddy Gabriel, passou na delegacia de manhã antes de começar a caçada do dia e pôs o delegado Paixão a par das novidades, ou melhor, da falta de novidades: não havia nem sinal de Daddy Gabriel. O cafetão de boys continuava desaparecido.

Um travesti, contudo, tinha lhe contado que o Empresário viajara para o Líbano às pressas. Mas o Empresário não tinha nem posses para sustentar por conta própria uma viagem ao Oriente Médio, ponderou Vera, nem juventude e beleza suficientes para garantir que algum árabe rico bancasse o passeio. Como os travestis viviam num mundo de fantasias, a história da viagem ao Líbano deveria ser mais uma delas. Ainda se fosse França, ou Itália, mas o Líbano... O que o Empresário iria fazer no Líbano? Organizar show de *striptease* de boys num oásis, no meio de uma guerra? A viagem da bicha só podia ser criação da mente fértil do transformista, ela concluiu.

Mesmo assim, achou prudente relatar o que ouvira ao delegado Paixão, que não deu muita importância ao boato, como já imaginava a investigadora. Vera sabia por experiência própria que um policial fica sempre com o pé atrás quando lida com depoimento de putas, travestis, cafetões e outros "representantes da escória humana engajados no ramo do sexo pago". Ele disse apenas:

— Um dia ele vai voltar, seja de Beirute, seja de Itaquaquecetuba. E, quando isso acontecer, nós vamos estar a postos para ouvir o que ele tem a dizer sobre as estrepolias de Caio Antônio Ferreira e suas amiguinhas.

Vera achou que naquela manhã o delegado Paixão parecia para baixo. Estaria doente? "Coitado, são mortes demais caindo na cabeça dele. Vai ver não dormiu direito esta noite", pensou.

Vera foi cuidar de sua busca no shopping e deixou Paixão distraído com o monte de papel que Iracema acumulava na mesa dele. Ela disse tchau, mas não teve resposta. Paixão estava longe, embora tivesse razão para estar satisfeito: as mortes das freiras no Tietê haviam sido solucionadas graças a ele. Não fazia sentido que freiras de uma irmandade reclusa saíssem para rezar em outra cidade. A menos que algo excepcional estivesse acontecendo. Mas todas as freiras estavam mortas e o motivo da viagem podia ter morrido com elas. Paixão insistira que devia ser algum fato muito importante para a vida dentro do convento, não para o que se passava fora. Outras pessoas podiam estar envolvidas, talvez em negócios, grandes transações imobiliárias, por exemplo. Religiosos levam negócios a sério, disse. O fato recente mais importante ligado à vida do convento era a herança que a irmandade receberia de um fazendeiro católico. Paixão apostou que a solução do crime sairia dali, era só investigar. O testamento impunha uma condição: as monjas deveriam estar presentes, todas elas, na missa que seria celebrada para a alma do fazendeiro na basílica de Aparecida. Depois disso, elas receberiam metade da fortuna deixada por ele. Mas o filho do fazendeiro não queria somente a outra metade da herança, queria tudo. E encomendou o acidente do Tietê.

Passava da uma da tarde quando Carmo entrou na sala de Paixão e deu com ele sentado com os pés sobre a mesa, com cara de que o mundo não era tão bonito como alguns idiotas gostavam de sugerir.

— Já comeu, Tiago?

— Não, não estou com fome.
— Venha comigo ao Trópico, comemos uma coisinha e conversamos.
— E quem disse que eu quero conversar?
— Você quer! Então não conheço essa indisfarçável cara de bunda?

Desceram e caminharam até a esquina. No café Trópico, pediram filé de frango com purê de batata e salada de agrião para os dois, Coca light para Carmo e água mineral sem gás para Paixão. Quando Ernesto trouxe a comida, Carmo lhe disse, com jeito, que não queriam ser incomodados.

— Deixe comigo, doutor — disse o garçom. — Aqui ninguém vai atrapalhar o trabalho de duas mentes brilhantes desvendando os crimes que abalaram São Paulo.

Paixão o intimou com um gesto de mão a parar com a ironia e se retirar. Foi o que ele fez, levantando o polegar, num aceno de perfeita cumplicidade. Entre uma garfada e outra, a conversa acabou engrenando.

— Você está com cara de cachorro que caiu do caminhão de mudança — provocou Carmo.
— Pior, caí foi do cavalo.
— Luísa?
— É.
— Não está tudo bem com a garota? Você me disse que estavam transando. Não era o que você queria, comer a moça?
— Aí é que a vaca foi pro brejo. Ontem eu a levei para conhecer minha casa.
— Aquela puta bagunça que é o seu apartamento?
— Que bagunça, cara? Estava tudo arrumado, brilhando. Você ainda não foi lá desde que arranjei a Mirtes para fazer faxina duas vezes por semana.
— Até diarista você contratou? Hum, o amor faz milagres.
— Estava tudo indo muito bem. Luísa gostou de conhecer minha casa, ficamos à vontade, curtindo, coisa e tal. Depois fomos para a cama e aí eu brochei. Brochei.

— Ah, ah, eu não digo que você é uma bicha enrustida? Aí está: come a dona uma vez para provar que é macho e depois...
— Não venha com brincadeira, por favor. É sério.
— Tudo bem, você brochou, e a garota?
— Ela foi superlegal. Foi muito carinhosa.
— Sei. As mulheres de hoje sabem como se virar numa hora dessas. E então?
— Me levantou de novo, mas, na hora H, porra, brochei outra vez.
— A velha história do gigante adormecido — Carmo riu.
— Está até no hino nacional. Por que você não toma Viagra? Você adora um remédio.
— É sério, por favor.
— Sabe o que eu acho, Tiago? Você está ficando apaixonado por essa mulher.
— Estou ficando é castrado, isso sim.
— Como o michezinho degolado.
— O que uma coisa tem a ver com a outra?
— Tem tudo a ver. Dá um tempo, cara. Pode parecer psicanálise barata, mas não deixa de ser verdade: você fica se cobrando porque não resolve esses crimes do caralho e aí parece que é o seu pinto que o homicida quer cortar. Isola! Ficar se envolvendo com pessoas diretamente relacionadas aos crimes que você está investigando é uma coisa que nunca deu certo para policial nenhum, você sabe.

Carmo bebeu um gole de Coca e continuou:
— Trate primeiro dos crimes, depois você cuida da moça. Do jeito que está, a coisa está enrolada. Você está envolvido com Luísa, pensa que está apaixonado. Está envolvido com a mãe-de-santo, com a porra desse candomblé. Tenha um pouco de cautela. Está envolvido com o esquisito do irmão dela, tanto que vocês três estão sempre saindo juntos. Você não acha que está tudo meio embolado? Quem garante que Luísa e o irmão não estão comprometidos de algum modo com os assassinatos, quem é que pode pôr a mão no fogo?

— Por favor!

Apesar da reação rápida ao que Carmo dizia, Paixão sentiu um frio na espinha. Carmo foi em frente:

— Também não acho que eles sejam os assassinos, mas isso não é tudo. A solidariedade maior deles é com o pessoal do terreiro, não com a polícia. Eu gostaria que você se desse conta de que, se as coisas estão confusas, é por culpa sua, meu irmão. Pense nisso.

— É, acho que é isso mesmo.

— Assim, meu caro, não tem comprimido que cure dor de cabeça nem tesão que garanta pau duro.

— Acho que você tem razão.

— E tenho mesmo, até quando afirmo que no fundo você não passa de um enrustido do caralho. Essa sua ligação com o Fernando, que a mim não engana... Você até que ia fazer sucesso no meio gay com esse corpão, essa cara de anjo mal-intencionado e essa sua rola. Se é que ela ainda funciona.

— Será que a gente nunca pode conversar a sério até o fim?

— Tiago, escute aqui: eu não sou seu analista, sou apenas seu amigo. E não vamos fazer drama, certo? — respondeu Carmo.

Depois de breve silêncio, completou:

— Quando a gente engaiolar o filho-da-puta que anda cortando pescoços por aí, pescoços e colhões, você vai comer a moça quantas vezes quiser. Ou casar com ela, ou com o irmão dela.

— Merda — desconsiderou Paixão, acenando para o garçom trazer a conta.

— Mas, mudando de assunto — disse Carmo —, quando falamos da bagunça em que você costuma deixar suas coisas, tendo até que contratar uma faxineira para pôr ordem nos lençóis sujos de porra, me ocorreu que você não poderia ser o Sacrificador...

— Está maluco?

— Espere. Sabemos que o assassino é metódico, asseado, gosta de tudo no lugar. Uma mulher se encaixa melhor nessa descrição do que um homem. Pela educação que recebem em casa, as mulheres ainda são mais afeitas à arrumação da casa, ao cuidado das roupas.
— Isso é coisa antiga.
— Nem tanto. No mercado de trabalho das mulheres, especialmente as pobres, o emprego doméstico ainda é o forte. Mesmo na classe média, as mulheres vivem se queixando da dupla jornada de trabalho: no emprego e em casa.
— Não sei. Olhe para nós dois. Eu sempre fui desleixado com minhas coisas, coisas materiais, você sempre foi ordeiro. Nada a ver com diferença de sexo.
— É verdade, mas estou falando da regra geral, de probabilidades, tendências. Estatisticamente é de se esperar que o assassino seja mulher.
— Uma Sacrificadora?
Pagaram a conta e retornaram à delegacia. Paixão sentia-se aliviado e grato.

Na sala de Paixão, voltaram a conversar sobre os crimes. Paixão estava convencido de que a chave dos assassinatos estava na morte do prostituto.
— Essa história de castrar o garoto só para fazer uma oferenda às tais das mães ancestrais para mim não cola, é muita mitologia, é africano demais — falou Carmo. — Vamos trazer para mais perto do Ocidente, aí tem coisa mais imediata, uma simbologia mais palatável. O cara era michê, vivia do sexo, sabe como é, isso já demoniza o pau dele, e os bagos. Se essa fonte do mal é extirpada, digamos assim, corta-se o mal pela raiz. O garoto deixa de ser o que é e recupera a inocência perdida na prostituição. Em resumo, tudo isso me parece tão-somente um ato moralista, uma tentativa de limpar o rapaz do pecado, do vício, da perdição: um gesto

de amor. Extremo, é verdade, mas de amor. Um ato de purificação.

— É uma puta viagem! — reagiu Paixão. — Acho uma explicação muito calcada nos costumes da velha família patriarcal. Hoje em dia, quem praticaria um ato de purificação que levasse à morte?

Paixão fez uma pausa, pensativo, e continuou:

— Lembra-se do pai que anotava os recados telefônicos dos clientes de duas filhas e um filho que se prostituíam? — Paixão estava lembrando Carmo de um homicídio que solucionara quando os dois trabalhavam no distrito policial de Itaquera. O pai achara o corpo da filha mais velha num terreno baldio ao lado da casa deles. Paixão cismara que o motivo era doméstico. A vítima não tinha envolvimento com o tráfico de drogas ou outro crime, não tinha namorado, e os clientes não iam a sua casa. Os contatos eram por anúncio de jornal e telefone. O negócio de prostituição funcionava como uma empresa familiar, cujo administrador era o pai. Descobrira que ultimamente o pai vinha brigando com a filha, que acusava de não entregar a ele todo o dinheiro que ganhava. Logo ficou provado que o pai era o assassino, por razões financeiras. — Tudo muito longe dos velhos ideais de honra familiar.

— Aquele foi um caso extremo de corrosão dos valores tradicionais, se posso dizer isso. Mas ainda tem muita gente que pensa como antigamente. A castração poderia ter saído da cabeça de um pai à moda antiga, que preferia a filha morta a desonrada — insistiu Carmo.

De repente, velhas lembranças de Paixão se intrometeram nos pensamentos que guiavam sua conversa com João do Carmo. Lembrou-se do pai naquele distante momento de sua única surra. O pai ameaçando arrancar seus bagos, sim, e teria feito isso por amor, amor de pai. Carmo estava sentado bem na sua frente e esperava uma resposta, que ele continuasse a conversa. Paixão afastou as recordações e disse:

— Caio nem tinha pai, e não se tratava de nenhuma menininha virgem.
— É verdade, mas prefiro isso à idéia de oferenda às mães ancestrais à moda africana. No meu entender, apesar de todo esse disfarce, a idéia de purificação é mais forte.
— Carmo, a gente até pode considerar essa linha de explicação, mas agora ela não nos ajuda, não traz nenhuma luz sobre os fatos, continuamos no escuro.
— Pensei que você ia retrucar dizendo que os pais à moda antiga não matavam a filha que perdia o cabaço, mas mandavam a coitada para o bordel. E vida de bordel já era a do garoto.
— Pois é, como você mesmo está concluindo, essa explicação mais complica que esclarece.
— Mas que o ato de castrar o putinho tem um sentido de purificação, ah!, isso tem. Quando se trata de preservar a honra, sexo e crime andam juntos. Ainda mais misturados com religião! É sopa no mel: do pecado à punição.
— Não vamos esquecer que são três mortes e um só padrão, um estilo. E o que estamos considerando no caso do garoto, a castração, não combina com a morte das duas mulheres.
— Não sei, não.
Paixão ficou remoendo a conversa. Seu pai não o castraria por amor? Não deixaria o filho sangrar até a morte?

Luísa não podia encontrar Paixão naquela noite, e ele decidiu que aproveitaria para ir à academia de ginástica. Havia algum tempo que não dava as caras por lá e sentia que começava a enferrujar. Antes de desligarem, Luísa disse que mãe Aninha gostaria que ele fosse no dia seguinte ao terreiro para o amalá de Xangô. A mãe tinha assumido o compromisso de agradar o orixá da justiça. Lá pelas quatro horas, ele poderia? Ele disse que iria e que estava honrado com o convite.

Despediram-se, e Paixão pôs o fone no gancho, juntou suas coisas, guardou os papéis sobre a mesa e desligou o terminal do computador. Estava sem vontade de malhar, mas iria assim mesmo. Continuava triste, como tinha estado o dia todo, sentia-se agoniado, sem vitalidade, o peito doía, mas a dor não era física.

Andando pela calçada na direção da garagem, Paixão não notou o aceno de dona Arcanja. Se, em vez de dispensá-lo, Luísa o tivesse convidado para ir à casa dela, será que agora estaria se sentindo melhor? Não sabia. Agira mal ao aceitar o convite para o amalá? Todos estariam no terreiro: Mãe, Luísa, Fernando. Será que Carmo não tinha razão? Talvez fosse melhor dar um tempo, arrumar a casa. "Já estou fodido mesmo, por que não ir?", convenceu-se.

Pegou o carro e rumou para a avenida Paulista. Queimaria a agonia nos ferros da academia.

21

Os crimes chegaram ao litoral paulista no momento em que começavam a ser chamados "crimes sacrificiais", na expressão controversa cunhada pelo articulista de um jornal importante, e rapidamente adotada em todo lugar. Referia-se aos homicídios propriamente ditos e aos demais crimes de agressão, invasão e outros abusos real ou supostamente relacionados com eles. O autor do novo rótulo fizera questão de afirmar que os sacrifícios eram sempre forjados, uma vez que nenhuma religião brasileira praticava sacrifício humano. Os intelectuais, sobretudo os de esquerda, insistiam nesta tecla: sacrifício, não. Mas ninguém mais ligava para esse tipo de explicação.

Os primeiros crimes sacrificiais da Baixada Santista foram registrados na madrugada daquela quarta-feira em São Vicente e em Santos.

Em São Vicente, o sacrificado foi encontrado dentro da Biquinha de Anchieta. A Biquinha verte água para matar a sede de moradores e turistas, e quem bebe da fonte, diz a lenda, sempre volta a São Vicente. Todos vão beber, mesmo quando não têm certeza de querer voltar. O morto, funcionário público aposentado, tinha a boca cheia de papel picado, e o pano amarrado no corpo nu era um pedaço de uma faixa de propaganda arrancada dos postes em que se encontrava afixada na noite anterior. No laço improvisado, quando desenrolado da cintura do cadáver, lia-se: "Beba água da Biquinha e volte sempre". Apesar do absurdo da hipótese, gente da oposição imediatamente considerou o crime um golpe de publicidade hediondo que só podia ter partido da desastrosa secretaria de turismo municipal. O prefeito pediu bom senso. Mais tarde, quando a polícia juntou os pedaços de papel enfiados na boca do defunto, como se fossem peças de um quebra-cabeça, havia uma mensagem escrita: "Prefeito, basta de impostos e taxas escorchantes". Em revide, gente da situação imediatamente considerou o crime um golpe infame de protesto político que só podia ter partido da oposição.

Em Santos, cidade-gêmea e prima rica de São Vicente, a política partidária também foi envolvida diretamente nos boatos que cercaram o crime sacrificial que inaugurou a moda na cidade. Dessa vez, uma jovem, rica e bela colunista de um jornal local, cujos desafetos e inimigos políticos consideravam um dos mais sórdidos representantes da imprensa direitista do país, foi encontrada morta, com a garganta cortada, dentro do bonde-museu estacionado ao lado da fonte Nove de Julho, na praia do Gonzaga. Curiosamente, tinha a boca cheia de estrelinhas vermelhas do PT. Como o homicídio da cidade ao lado, sua morte serviu de peça acusatória no embate partidário. O Sacrificador tinha vindo para promover a guerra entre religiões e, agora, entre partidos políticos.

Chegaram finalmente os resultados dos exames toxicológicos feitos nos corpos de Lia Casalegre e Caio Antônio Ferreira, e Paixão chamou Carmo para mostrar.

— Os de Lia comprovaram presença de dose cavalar de midazolam, o mesmo hipnótico que derrubou Helena Ferrari.

— Como previsto.

— Mas não foi o que abateu o rapaz — disse Paixão. Passou o laudo para Carmo e perguntou: — Clorofórmio é bom para asma?

— Para fazer o asmático dormir, é ótimo.

— Parece que funcionou.

— Você está dizendo que o gás foi colocado de propósito numa bombinha de asma? O garoto era asmático, devia andar com uma bombinha. Era só pegar a bombinha boa e substituir por outra, com o anestésico. Simples e engenhoso.

— Engenhoso mesmo, se você tiver acesso ao clorofórmio.

— Com a bandidagem se consegue qualquer coisa. E a análise daquelas plantas que são usadas para amortecer os bichos? Conforme a lista que Fernando lhe passou...

— O resultado está por aqui. — Paixão remexia na pilha de documentos, procurando o laudo. — Veja.

— Hum, folhas sem agentes ativos conhecidos. Então como é que o bicho ingere as folhas e cai?

— Fernando explicou que, para as folhas funcionarem, é preciso cantar as fórmulas litúrgicas de encantamento, o que quer que isso signifique.

— Ah, mais um ritual! Você não precisava ter dado mais trabalho à polícia científica. Para tudo o candomblé tem uma receita. Gozado que, para resolver problemas verdadeiros, essa parafernália mágica não funciona. Se funcionasse, a mãe-de-santo podia jogar os búzios e nos dizer de uma vez por todas quem foi que matou os três.

Paixão ficou pensando numa resposta, enquanto João do Carmo saía da sala.

Pouco antes das quatro da tarde, Paixão deixou de lado os relatórios e rumou para a Freguesia do Ó. Luísa o recebeu e ele quis saber quem se encontrava na casa naquele momento. Ela disse os nomes dos que já haviam chegado e depois o acompanhou ao barracão para cumprimentar a mãe-de-santo, que vinha da cozinha, onde o amalá estava sendo preparado.

Quando ia ao terreiro, Paixão conversava com os que lá encontrava. Procurava saber com que pessoas de outros terreiros se relacionavam, o que conversavam, quais eram as novidades de que tinham se informado. Aos poucos montava um esquema indicativo da rede de informação que ligava aquele terreiro aos outros. A tarefa era quase impossível, mas tinha que ser tentada. Se o assassino de Helena, Lia e Caio fosse de um outro terreiro, alguém teria levado a ele os presságios funestos dos búzios de mãe Aninha. Esperava que, sendo ele agora mais próximo de mãe Aninha, os filhos da casa se abrissem com mais facilidade.

Enquanto mãe Aninha e Luísa cuidavam dos preparativos da oferenda, Paixão foi para a sala para uma conversa reservada com Cléber de Ogum. Paixão foi direto ao ponto:

— Nas vezes em que conversamos, você escondeu que levou Caio para fazer michê a primeira vez.

— É mentira. Eu não faço michê, nunca transei por dinheiro.

— Mas era amigo dele.

— Também não. Uma ou outra vez ele foi numa festa comigo. Se ele arranjou alguma transa lá, eu não tenho nada com isso. E, se foi por dinheiro, não é responsabilidade minha.

— E depois disso?

— Nunca mais falei com ele. O negócio dele ficou sendo outro, não tenho nada com isso.

— Mas eu soube que Nice não gosta de você. É por causa do Caio?

— Ela não gosta de mim? E quem gosta? De um cara que cumpriu pena por assalto? Pode perguntar para qualquer um aqui, e todos vão dizer a mesma coisa: que hoje eu sou do bem, que todos gostam de mim. Mas é pura conversa. Se eu mesmo não tivesse a certeza de que eu sou um cara decente, doutor, eu ia acabar ficando louco. Com Mãe é diferente. Ela sabe quem eu sou, ela me trata como um filho.

Paixão voltou ao barracão e logo depois chegou Fernando. Havia agora na casa uns vinte filhos-de-santo, que corriam de lá para cá, trabalhando sob as ordens rigorosas de Nice, que aparentava ainda estar muito abalada com a morte do irmão.

— Ela tem trabalhado dobrado — comentou a mãe-de-santo —, o que é bom para ela se distrair. É tão dedicada aos orixás, não merecia estar sofrendo tanto, a pobrezinha.

— Deve trabalhar bastante mesmo — observou Paixão.

— Vejo que aqui sempre há o que fazer.

— Se não fosse mãe Nice, os filhos-de-santo deixavam a casa uma bagunça. Ela traz a gente no cabresto. Eu, que gosto de trabalhar, não me importo — falou Izildinha de Obá, uma filha-de-santo que estava sentada numa esteira aos pés da mãe-de-santo, fazendo uma trança de palha-da-costa.

A conversa prosseguiu. Outros foram se juntando ao grupo.

Izildinha mostrou que tinha mais observações a fazer:

— Mãe, me dá agô para eu falar uma coisinha para o doutor delegado? — Autorizada, prosseguiu: — O doutor tem mãos de Oxumarê, os dedos compridos feito cobras. Que mãos odaras! Vai ver que o doutor é de Oxumarê.

Mãe Aninha achou a observação inconveniente, mas, em vez de repreender a filha, mandou que ela fosse à cozinha ver se o amalá estava pronto.

Fernando comentou:

— Izildinha está convencida que pode adivinhar o orixá da pessoa pelo formato dos dedos.

— E isso tem fundamento religioso? — perguntou Paixão.

— Nenhum fundamento — disse Fernando —, mas, coincidência ou não, às vezes ela acerta.

— Uma vez me disseram que eu era de Oxóssi — disse Paixão.

— Oxóssi, o caçador. Faz sentido — observou Fernando.

— Afinal, policiais estão sempre à caça de alguém...

Luísa dirigiu-se à ialorixá:

— Mãe, a senhora podia pôr os búzios e confirmar se Tiago é mesmo de Oxóssi.
— Ah, nunca mais abri o jogo. Medo de ver novas desgraças, outros assassinatos. Preferia não jogar.
— A senhora podia perguntar somente qual é o orixá de Tiago. Isso e mais nada — insistiu Luísa.
— Quem sabe depois — a mãe sorriu. — Izildinha já vem aí com o amalá.
Levaram a gamela fumegante para o quarto de Xangô.

Mais tarde mãe Aninha jogou os búzios e disse que Tiago Paixão era mesmo filho de Oxóssi.
— Tenha orgulho de seu orixá — disse mãe Aninha. — Oxóssi é muito festejado. Ele comanda a fartura em nossas mesas, e é tão bonito. Agora venha comigo.
Fazendo-se acompanhar de Fernando, Luísa e Nice, a mãe levou Paixão ao quarto-de-santo que abrigava as representações dos orixás caçadores. Ali, diante de Oxóssi, a mãe-de-santo fez uma prece e a seguir tirou de um armário um fio de contas azuis-turquesa, próprias daquele orixá. Numa bacia de ágate que Luísa trouxera ao quarto, ela lavou o colar e o colocou no pescoço de Paixão, pronunciando votos de saúde e vida longa, prosperidade, paz e amor. Acompanhada dos filhos-de-santo, a mãe entoou uma louvação e em seguida os cinco se retiraram do quarto.
De volta ao barracão, Paixão foi cumprimentado pelos que ali estavam. O recebimento do fio de contas significava que ele começava a fazer parte da família.
— Isso merece uma comemoração. Um dia desses vamos sair para festejar? Infelizmente, hoje eu não posso — disse Fernando.
— Vamos comemorar aqui, agora mesmo, comendo uma coisinha — disse mãe Aninha, mandando servir um cuscuz que ela mesma tinha preparado.

Junto com o cuscuz vieram pãezinhos de inhame, curau e canjica. Todos pareciam felizes, esquecidos dos crimes, menos Nice, que se esforçava para não chorar e participar minimamente das conversas.

Já era noite. Direto do terreiro, Fernando iria para o plantão. Ao se despedir da irmã e do delegado, ele tocou de novo na idéia de sair para festejar o recebimento do colar:

— A gente podia continuar a comemoração amanhã à noite. Hoje foi muito corrido.

Paixão levou Luísa para casa. Quando estavam chegando, ela disse:

— Se você ficar aqui hoje, eu lhe dou um presente.

— Eu já estava pensando em ficar mesmo. Agora, com um presente seu, ninguém me tira daqui.

Paixão guardou o carro na vaga de Fernando e, quando entraram em casa, Luísa disse que ia ao andar de cima buscar o presente. Paixão não quis ficar na sala esperando e subiu a escada correndo atrás dela.

Era uma gravata italiana. Paixão pôs a gravata e, todo contente, foi se olhar no espelho, feliz feito criança.

— Nunca mais tiro do pescoço.

— Mas tira o resto agora, que eu quero ver se ela combina mesmo com você.

— Como assim, está dizendo para eu ficar *só* de gravata?

— Algum problema?

Na manhã seguinte, depois do café com Luísa, Paixão foi direto para a Homicídios usando a gravata nova. Em meio a sentimentos confusos, sua relação com Luísa estava crescendo e se complicando, sem que ele decidisse para que lado ir. Como se tivesse sido enfeitiçado. Paixão não acreditava em feitiço: o rumo de sua vida era o que ele escolhia. Se errava, sabia muito bem voltar atrás. Carmo lhe dizia não acreditar que ele pensasse assim, pois, mais de uma vez, o vira agindo como se fosse o contrário.

22

O Sacrificador tinha chegado à terra de Tiago Paixão. Aqueles foram talvez os mais horrendos crimes sacrificiais entre todos os acontecidos e os que estavam por acontecer. São José do Rio Preto nunca esqueceria, como nunca esqueceu os cinqüenta e nove estudantes mortos num desastre de ônibus em agosto de 1960. Agora, numa mesma noite, seis recém-nascidos desapareceram do berçário do Hospital de Base e foram encontrados, degolados, às margens da represa que abastece a cidade de água. As crianças tinham flores de abóbora na boca e fitas de diversas cores amarradas no corpo. Nas pontas das fitas, guizos.

Inaugurava-se outra categoria de crimes do Sacrificador: os sacrifícios múltiplos. A moda começava a passar por um tipo de variação que a tornava mais perversa, mais brutal, mais odiosa. A febre tornava-se cada vez mais mortífera.

Pela segunda vez, Paixão leu o trecho final de um artigo do *Jornal da Região*, de São José do Rio Preto, escaneado e enviado ao DHPP por e-mail.

As investigações das atrocidades que enlutaram nossa cidade e região estão sendo conduzidas pela polícia local com a assessoria da equipe do doutor Tiago Augusto Paixão, delegado de homicídios da capital, valoroso cidadão rio-pretano em quem nossa cidade e região depositam a máxima confiança e a quem seremos sempre gratos.

A repentina fama alcançada em sua própria cidade, notoriedade que tantas vezes havia almejado nos seus devaneios de candidato potencial a deputado, não lhe trouxe nenhum conforto naquele momento, nenhuma alegria. Tomando outra folha do dossiê, Paixão releu a súmula da identificação do caso pela equipe do plantão de assinaturas:

Segundo o consultor externo dr. Fernando A. Lupo, os elementos do quadro eram característicos de um tipo de sacrifício em desuso, que imolava seis cordeirinhos, quando se desejava mudar o destino da pessoa e afastar algum empecilho que a estava impedindo de obter muito dinheiro, fama ou poder. Era realizado à beira de uma lagoa. O sacrifício em questão foi observado em tempos antigos, no país africano Daomé, hoje Benim, tendo sido registrado em livro de 1888 pelo padre e etnólogo francês R. P. Baudin. Não se tem notícia, contudo, de sua prática no candomblé brasileiro, em nenhuma época.

É trabalho de especialista, alguém que se interessa pelo assunto e que tem acesso a livros raros.

Conclusão: assinatura autenticada.

Paixão fechou a pasta, tirou uma pastilha da gaveta e pôs na boca. Pensativo, subiu à central de informações especiais montada às pressas em uma sala do quinto andar e perguntou a um auxiliar de Iracema se já tinham notícias da pesquisa nas bibliotecas de São José do Rio Preto. Sugerira ao pessoal de Rio Preto verificar a existência do livro *Fétichisme et rite sacrificiel en Afrique Noire*, de autoria do padre R. P. Baudin, na Biblioteca Municipal, na biblioteca do campus da UNESP e em outras bibliotecas públicas de São José do Rio Preto e região. Em caso positivo, seria útil obter a lista de todos os que consultaram a obra nos últimos três anos. Pelo rigor da encenação ritual, o homicida de Rio Preto poderia ser o mesmo autor dos três primeiros crimes de São Paulo. Afinal aquele era o único caso de assinatura autenticada depois dos três primeiros homicídios. O ajudante disse que o delegado regional de Rio Preto havia telefonado na ausência de Paixão e que ficara de ligar mais tarde.

A caminho de sua sala, encontrou Carmo no corredor, que perguntou:

— Novidades?

— Agora também temos casos de sacrifícios múltiplos.

— Caralho! Mas olhe, só para o seu controle: a mulher morta a machadadas no Sacomã foi assassinada pelo marido. Ódio acumulado em cinqüenta anos de vida em comum. Caso encerrado; nada de motivo religioso, só um caso de falsificação de assinatura.

— Isso a gente já sabia.

Paixão ouvira a novidade sem entusiasmo. Não estava especialmente interessado na solução dos assassinatos apócrifos; o importante era parar com eles, impedir que acontecessem, estancar a peste. Interferir no curso antes de novas mortes serem produzidas. E só havia um jeito de dar um fim nos homicídios: descobrir o verdadeiro Sacrificador, aniquilar o modelo, interromper o fluxo de imitações. Prender o assassino era, agora, menos uma questão de justiça e mais de prevenção. Além disso, cada novo assassinato do Sacrificador, mesmo de assinatura falsificada, gerava mais uma onda de perguntas, críticas e cobranças sobre a investigação dos primeiros crimes. Cada crime provocava uma estocada dolorida no ego de Paixão.

Paixão entrou na sala com o telefone tocando. Era o auxiliar com quem acabara de falar.

— O delegado regional de São José do Rio Preto está na linha, doutor.

O homicida fora desmascarado graças à orientação de Paixão. O livro do padre francês não existia nas bibliotecas, mas um exemplar fora encontrado na casa de um suspeito: um velho professor de medicina ressentido e amargurado, ao que tudo indicava, pelas muitas vezes em que teria sido preterido para ocupar postos de mando na faculdade de medicina e seu complexo hospitalar. Já era suspeito em casos anteriores de sabotagem e homicídio. A presença do livro foi o indício decisivo; diante de tamanha evidência, o professor confessara. Tinha cúmplices, funcionários que se sentiam igualmente injustiçados, leais a ele, e que concordaram em ajudar em troca de pagamento. O professor era homem rico.

"Ponto para o Fernando", pensou. Ele achara a dica do livro ridícula, mas tinha que reconhecer que o médico sacara a isca certa.

Paixão precisava saber se havia ligação com a autoria dos crimes de São Paulo. Em Rio Preto nada tinham descoberto nesse sentido. Achavam que toda a vida do professor estivera centrada naquela região e que dificilmente seus crimes estariam ligados aos da capital, a não ser pelo disfarce adotado e usado com perfeição. Mesmo assim, Paixão enviaria, naquela mesma noite, um investigador de sua equipe para interrogar o professor.

Enquanto isso, no shopping Bixiga, nem sinal de Daddy Gabriel. Nos últimos dias, os esforços de Vera não tinham levado a nada que ajudasse a encontrar o Empresário. Seu desaparecimento já se transformara em motivo de piada entre as pessoas de seu meio. "Deve ter virado purpurina", comentara uma *drag queen* lançada por ele no mundo dos espetáculos de transformismo.

Mas o trabalho da investigadora não fora totalmente em vão. Agora sabiam com certeza que Lia era lésbica. Helena talvez fosse bissexual; no mínimo, simpatizante.

Carmo comentou:

— Um trio GLS! Unidos pelas diferenças sexuais, além dos búzios. Quem sabe não foram mortos por causa disso.

Quando Vera se apresentou à tarde para o relato diário, Paixão a dispensou da caçada. Precisava dela no plantão telefônico. De todo modo, Lucimara, uma funcionária do shopping Bixiga, prometera telefonar a Vera no momento em que Daddy pusesse os pés por lá, ou no caso de correr alguma notícia nova sobre o paradeiro dele.

A chuva que caiu no começo da noite veio acompanhada de raios e trovões. O aguaceiro formou grandes enxurradas, extravasando as bocas-de-lobo entupidas e inundando as calçadas. Lá pelas nove horas, com o temporal amainado, Paixão pegou Luísa e Fernando em casa e foram para a pizzaria Pedra Azul. Sentaram-se à mesma mesa e foram reconhecidos pelo garçom, que se lembrava deles da outra noite e já conhecia Paixão do noticiário. Ele estava se tornando uma celebridade, quem sabe valeria a pena insistir na vocação política. Comentaram a chuva.

— Está com seu patuá de Iansã contra tempestades? — perguntou Fernando a Paixão em tom de brincadeira.

— Quem me protege agora é Oxóssi — respondeu, mostrando a ponta do fio de contas que recebera de mãe Aninha e que estava usando por baixo da camisa. Pensou se o colar de Oxóssi não o protegeria mais que a pistola Taurus ponto 40, escondida sob o paletó. Gostaria de acreditar nisso.

Falavam do terreiro, e Paixão disse que gostara de ter sido levado ao interior de um quarto-de-santo, que achara as instalações tão simples e bonitas.

A certa altura, comentou:

— Não vi nenhuma imagem de santo católico no terreiro, nem no barracão nem no quarto dos orixás.

— Não viu nem verá. Nossa casa abandonou o sincretismo católico faz tempo — disse Fernando.

— É mesmo?

— Quando os negros fundaram os primeiros terreiros de

candomblé no Brasil, a religião oficial do país era o catolicismo e nenhuma outra era tolerada. Todos tinham obrigatoriamente que ser católicos, inclusive os escravos. Por isso os negros do candomblé também seguiam a igreja, e assim nasceu o sincretismo. Quando o catolicismo deixou de ser a religião oficial, o sincretismo já estava arraigado, e o candomblé continuou como a outra religião de negros que também eram católicos. Hoje em dia, ter ou não ter religião é questão de escolha pessoal. Cada um escolhe a que melhor lhe convém. Para quem é do candomblé, a antiga obrigatoriedade de ser ao mesmo tempo católico acabou.

— Mas muita gente de terreiro continua católica.

— Continua, mas a tendência é abandonar o sincretismo. No nosso terreiro, por exemplo, não temos mais nenhuma ligação com o catolicismo. Por isso você não viu lá nenhum símbolo católico.

— Nenhuma ligação?

— Para os mais velhos, a mudança é difícil. A boca ficou torta com o uso do cachimbo. Muitos velhos lá de casa continuam a freqüentar a igreja. Mãe não censura os velhos, mas com os mais novos é diferente. Eles têm que entender que os tempos mudaram: não têm que se enfiar em nenhuma igreja para cultuar os orixás.

O caso do filho-de-santo que freqüentava uma igreja pentecostal veio à mente de Paixão. Fez um esforço para se lembrar do nome dele e disse:

— Mas nem todos estão muito convencidos disso, mesmo na sua casa. O Tadeu, por exemplo.

— Tadeu de Xangô, o que tem ele?

— Todos os dias, depois que sai do terreiro, Tadeu freqüenta o culto numa igreja evangélica na praça Marechal Deodoro, a Igreja Radical do Império Divino, onde, além de fiel, ajuda nos serviços.

Fernando e Luísa estavam pasmos.

— Numa igreja evangélica, neopentecostal? — disse o

médico. — Mas isso é um absurdo, não tem nada a ver com o sincretismo católico. Primeiro, porque os protestantes jamais admitiriam uma dupla filiação religiosa. Segundo, porque o pentecostalismo considera nossos orixás manifestações do demônio. Insistem nisso o tempo todo, basta ouvir o que dizem impunemente na televisão todos os dias. É uma obsessão pentecostal.

— Pois Tadeu ajudou a expulsar um demônio que o pastor chamava de Omulu, segundo um de meus homens.

— Pobre Omulu, nosso querido médico dos pobres, um grande orixá — disse Luísa.

— Pois é, e Tadeu ajudava a segurar uma mulher em transe violento, enquanto o pastor gritava o nome do orixá, que chamava de diabo, mandando que ele saísse do corpo da mulher supostamente possuída.

— Não pode ser, isso é uma loucura — disse Fernando.

— Mas o exorcismo aconteceu, e esse filho-de-santo estava lá ajudando.

— Que coisa mais impensável. Isso é quase um ato de traição. O pentecostalismo é a negação mais explícita da nossa religião — disse Luísa.

— Tadeu vem de uma família de gente do candomblé — Fernando explicou para Paixão. — Foi iniciado em nossa casa quando menino, ainda no tempo em que nossa avó-de-santo era a ialorixá. Ficou anos afastado do terreiro, não sei por que razão, isso não é incomum, mas hoje ele se comporta como um filho dedicado, demonstra amar o terreiro e nossa mãe. Se freqüentasse uma igreja católica, seria compreensível, faz parte dos nossos costumes antigos, mas uma igreja evangélica?

— Pode parecer esquisito, mas a igreja que ele freqüenta todo dia é pentecostal. Não tenho dúvida — insistiu Paixão.

— Também achamos estranho.

— Na primeira oportunidade, vou falar com ele — disse Fernando.

Embora Tadeu tivesse mais tempo de iniciação que Fernando, o que lhe dava precedência protocolar, o cargo sacerdotal de Fernando o colocava no topo da autoridade do terreiro. Podia chamar a atenção de um mais-velho, se necessário.

— Acho que seria bom — concordou Luísa. — Quem sabe não é pelo fato de ele ter ficado tanto tempo afastado do candomblé?

Mudaram de assunto. O garçom estava trazendo a segunda pizza.

23

As estatísticas, atualizadas várias vezes por dia, não eram nada promissoras. A moda de matar gente como o candomblé matava bicho continuava a se espalhar, o modelo estava longe de se exaurir. Até as onze horas daquela sexta-feira, no vigésimo oitavo dia a contar daquela tarde em que mãe Aninha tinha jogado búzios para Helena Ferrari e vaticinado que a consulente estava destinada à morte violenta e imediata, os números apontavam trinta mortes por homicídio à moda do Sacrificador, vinte e dois terreiros invadidos, dezenas de feridos e várias prisões de agressores e suspeitos. Não incluídas as doze freiras afogadas no Tietê.

Os afro-brasileiros tinham começado a revidar, e crescia o número de igrejas evangélicas depredadas e incendiadas. Escaramuças de rua se multiplicavam. Para as polícias do Rio e de São Paulo agressões de evangélicos a afro-brasileiros não eram novidade: fazia anos que isso vinha acontecendo. O que mudara agora era o volume e a publicidade com que os ataques se manifestavam. O que antes eram ocorrências isoladas e independentes parecia ter se transformado num movimento sem controle de âmbito nacional, que já incluía outras religiões. Até um pacífico templo budista de Cotia, construído na marginal da rodovia Raposo Tavares, tinha sido vítima de ataque quando os monges rezavam pela paz. Um salão de reunião de católicos carismáticos de Araraquara fora explodido por coquetéis molotov lançados pela janela, não se sabe por qual das facções em luta.

A peste já chegara a mais da metade dos estados. Nem o Distrito Federal escapara da moda do Sacrificador.

Em Brasília, um homem pardo de uns vinte anos, não identificado, foi encontrado degolado no parque que exibe estátuas monumentais dos orixás, perto do píer 21 do lago Paranoá. Tinha as mãos, os pés e os órgãos sexuais decepados, não encontrados no local. A encenação da oferenda das extremidades do corpo às mães ancestrais, inaugurada com Caio Antônio Ferreira, estava sendo levada à perfeição.

Em Salvador, um turista sueco foi achado com a garganta cortada num pátio do Pelourinho. O corpo de dois metros de altura e pele branca como farinha de trigo estava esparramado sobre as pedras escuras do calçamento e tinha a boca cheia de fitas do Senhor do Bonfim. A poucos quarteirões dali, na Baixa do Sapateiro, encontrou-se outra vítima. Na imaginação do criminoso, a moça talvez representasse uma oferenda a Iansã, pois o corpo estava depositado no interior do mercado de Santa Bárbara, que no sincretismo é a própria Iansã. Temendo depredações, o governador da Bahia mandara a Polícia Militar isolar os terreiros mais importantes da cidade e do Recôncavo Baiano, especialmente os que eram tombados por órgãos de preservação do patrimônio histórico. Os terreiros não vigiados passaram a ser os alvos preferenciais dos ataques.

Em Olinda, um padre cantor muito popular, líder do movimento de renovação carismática, foi sacrificado com o terço na boca e a estola enrolada na cintura. Em represália, católicos de um grupo de oração juntaram-se a filhos-de-santo de um centenário terreiro afro-recifense do bairro da Água Fria, raptaram o bispo local da Igreja Radical do Império Divino e o atiraram nas águas do rio Capibaribe, nu e com sete voltas de uma pesada corrente em torno da cintura. Conforme se constatou quando os bombeiros recuperaram o corpo, o bispo tinha a boca cheia de santinhos de papel com a estampa de são Jorge. De acordo com o sincretismo afro-católico pernambucano, são Jorge, o santo do dragão, seria o orixá Ogum, o senhor do ferro, aliás, a matéria-prima da corrente que levou o bispo ao fundo do rio. São Jorge e Ogum, as duas faces do santo guerreiro, ambas renegadas pelas religiões evangélicas.

Em São Paulo e outras cidades, as autoridades recomendavam que os locais de culto, por medida de segurança, suspendessem temporariamente as atividades religiosas e que os fiéis ficassem longe das suas igrejas, templos, terreiros, centros etc. Mas quem ia segurar esse povo em casa? Que fiel ia perder a oportunidade de exercitar o sagrado privilégio de se transformar num soldado de Deus, ou deuses, ou santos, ou espíritos?

A mobilização de evangélicos e afro-brasileiros para a guerra santa à brasileira era assunto permanente em todos os meios de comunicação. Os cientistas sociais, os psicólogos e demais profissionais das ciências humanas eram convocados o tempo todo para explicar o que estava acontecendo, e não se faziam de rogados. A sociologia da religião nunca esteve tão em alta, como a sociologia da violência. Estavam juntando suas forças explicativas.

A maioria dos assassinatos era solucionada em menos de quarenta e oito horas, e os motivos nada tinham de religiosos. Porém, o mais preocupante era que a violência se espraiava para fora do campo religioso: já havia lojas saqueadas, trens de subúrbio depredados e ônibus incendiados. As estações de metrô em São Paulo, Rio de Janeiro e Porto Alegre tiveram a segurança redobrada.

Em programas de rádio e televisão, líderes neopentecostais deixavam de lado a cautela assumida no início e partiam para a propaganda direta, intensiva e radical contra as religiões africanas, "uma das três desgraças que impedem o Brasil de prosperar e se tornar um país mais justo e integralmente cristão, de onde o demônio estará banido para sempre", rezava o discurso inflamado de um pastor fluminense em seu segundo mandato de deputado estadual.

Pela TV, a Igreja Radical do Império Divino passara a fazer chamadas constantes para a "Marcha do Brasil contra os inimigos de Deus". Havia chegado a hora da "grande convocação moral de todos os cristãos verdadeiros".

Paixão, Luísa e Fernando não se encontraram naquela sexta-feira. Paixão tinha trabalho demais na delegacia e os dois irmãos tinham ido à tarde ao terreiro para uma cerimônia íntima dedicada a Oxalá, o orixá de mãe Aninha.

Depois dos rituais no terreiro, Luísa iria com Nice para a casa dela no cortiço e provavelmente passaria a noite lá. Estava empenhada em não deixar a irmã-de-santo sozinha, especialmente agora que ela começava a se interessar de novo pela vida. Nice estava pensando em se mudar e deixar para trás aquele lugar das mais tristes recordações, e tanto Luísa como Fernando estavam dispostos a ajudar em tudo que estivesse a seu alcance. Prometeram pedir a Francisco que fosse o fiador de Nice no aluguel de um pequeno apartamento.

Da Homicídios, Paixão foi direto para a academia de musculação, uma vez que não tinha sido convidado à Freguesia do Ó. Pensou se não estariam tramando alguma coisa que ele não pudesse ver. Como dizia João do Carmo, ele tinha mania de se sentir rejeitado.

Na academia ninguém ligava para ninguém, porque cada um se achava mais bonito, forte e gostoso que os demais. Todo mundo era invisível, ninguém olhava para ninguém, só para os espelhos. Mas agora que Paixão era o tempo todo citado, mostrado e mesmo criticado em todos os meios de comunicação, até na internet havia grupos de discussão a favor e contra ele, o pessoal da academia não conseguia fingir que ele não existia. Perdera a invisibilidade.

Ignorando os que o rodeavam, ali, sozinho nos aparelhos de musculação, não conseguia se concentrar: sua mente não se desligava do que eventualmente pudesse estar acontecendo no terreiro da Freguesia do Ó. Gostaria de estar lá também.

24

Na caixa postal do celular de Fernando, um recado de Paixão lhe pedia para telefonar.

— Tomei um novo depoimento de dona Paulina, na casa dela em Parada de Taipas — disse Paixão, entusiasmado. — O investigador Feliciano tinha estado lá conversando com ela, mas na ocasião o depoimento não ajudou em nada. Acho que hoje ela me entregou a solução dos homicídios de mão beijada.

— É mesmo?

— Levei Iracema comigo e ela gravou e depois digitou o depoimento inteirinho, palavra por palavra, é importante. Queria lhe mostrar. Será que você pode passar por aqui quando sair do hospital?

Duas horas depois, quando Fernando procurou Paixão na Homicídios, Iracema disse que o delegado tivera que se ausentar, mas que deixara um documento para Fernando ler. Ela o fez sentar-se e lhe passou um envelope.

Fernando tirou várias folhas impressas do envelope e leu:

Quem sou eu para saber alguma coisa? Uma velha que ninguém escuta. Lá no candomblé está tudo de pernas para o ar, polícia para tudo quanto é lado, foi o que me contaram. Mas se tem um assassino, ele não está lá dentro de jeito nenhum. Nós do santo somos gente pacata. Já fomos muito perseguidos, não perseguimos ninguém, Olorum seja louvado. Ainda mais matar! Não, ninguém ia fazer isso. Podia até fazer um ebó, pedir para afastar do caminho, para pôr assim de lado, mas matar, nunca. Eu falo isso porque eu conheço.

Eu hoje estou aqui, longe do terreiro, mas eu sei tudo o que acontece lá, a mãe-de-santo me telefona quase todo dia e me conta o que se passa lá. Ela me disse que ninguém da nossa casa ia matar ninguém, e eu disse a ela que ela estava certa, e repito isso agora ao senhor. Eu vivo aqui com minha neta Elisângela e o marido dela e os filhos deles, meus bisnetinhos. Comprei o terreno faz tempo e nós mesmos construímos a casa. Eu não dependo do terreiro de candomblé para ter um telhado em cima da cabeça, eu não.

Eu não sou ninguém, só uma equede do tempo antigo. Aquele tempo, sim, é que era bom. O candomblé era uma coisa fina e ninguém fazia pouco-caso de ninguém, ninguém queria aparecer mais do que os outros. Tinha mais respeito e humildade. Tinha mais amor pelos orixás, mais simplicidade. A gente vestia os orixás com chitão e madrasto. Hoje tem que ser de seda e veludo, com lantejoula e paetê. A gente enfeitava os capacetes dos santos guerreiros com penas de rabo de galo, ficava uma maravilha! Hoje só querem pluma comprada na ladeira Porto Geral. Candomblé legítimo era aquele: o orixá tinha força e tinha majestade. Quando minha mãe tirava os orixás vestidos na sala, ficava todo mundo de boca aberta. Eu não sou saudosista, eu gosto deste tempo de agora, tem mais conforto em tudo. Eu adoro a juventude, mas eu tenho saudade do verdadeiro candomblé. Ah!, isso eu tenho.

Me chamam de Equede, equede Paulina, equede Paulina de Iemanjá, mas meu nome mesmo é Paula Alegre da Silva, sim senhor. Tem muitas equedes na nossa casa, mas quando falam a Equede, essa sou eu. Eu sou hoje a mais antiga do terreiro, a mais velha, para quem todo mundo tem que pedir a bênção, beijar a mão e bater cabeça. Até a mãe-de-santo devia bater cabeça para mim, porque eu sou sua mais-velha. Eu estava na feitura dela e ajudei nossa mãe a raspar a cabeça dela. Mas mãe-de-santo não pede bênção para ninguém, nem para os seus mais-velhos. Ela só retribui, só troca bênção, porque ela é a cabeça mais grande da casa e é assim mesmo que a coisa é. Mas Aninha me trata bem, não posso me queixar. Ela é a minha mãe-de-santo, é agora, mas antes ela era só uma irmã mais nova, bem mais nova. Fomos feitas pela mesma mãe, sinhá Maria Júlia Santana de Carvalho, mãe Maria Júlia de Xangô. Minha mãe Maria Júlia, que saudade, mojubá, minha mãe! Desculpem, sou uma velha sentimental. Choro à toa.

Sou mesmo de falar muito, porque sou filha de Iemanjá, mas hoje em dia ninguém vem conversar comigo, sinto falta, sabe? Então, quando aparece alguém querendo conversar, coitado. Eu fico sempre aqui sozinha e só vou no terreiro quando tem festa grande. O ogã Fernando, o doutor, vem me pegar de carro e eu vou. Quando sei que ele vem me buscar, abro meu baú, passo meus richelieu, *me arrumo toda, me perfumo e vou. Eu hoje não danço mais. Antes dançava com os orixás, e não tinha quem não elogiasse o meu pé de dança. Agora só fico sentada na minha cadeira do lado de Aninha.*

Trabalhei muito no candomblé, anos e anos, sempre a primeira a chegar. Saía da fábrica Matarazzo, na Barra Funda, eu era tecelã, e ia direto pro terreiro, era de dia, era de noite, qualquer hora eu estava lá, porque com os orixás é assim: a gente dá tudo para eles e eles dão tudo para nós. Eu amo os orixás, eu amo demais, demais. Fazia de tudo nos preparativos: lavava, engomava, passava, dava brilho. Deixava tudo pronto para a hora do toque, que é essa a função das equedes. E depois dançava a noite inteira com os orixás, até eles irem embora. Eu era capaz de cantar um candomblé inteirinho, tinha voz forte, bonita. Hoje eu já não canto nem danço, porque a velhice tira da gente tudo que a gente tem de bonito, e a gente vai ficando como se não tivesse mais nada, assim a gente vai se desapegando do mundo e o mundo se desapegando da gente, não sabe? Porque a nossa hora última vai chegando, Olorum é que sabe.

Ajudei muito Aninha de Oxalá. Desde a hora em que ela foi escolhida para ser a mãe-de-santo, eu fiquei do lado dela, nunca arredei um passo, sempre ali, sempre fiel. Iemanjá e Oxalá são testemunhas. Desde que ajudei minha mãe na feitura de Aninha, eu dizia: "Essa menina vai longe". Não era para ela ser a mãe-de-santo, não, mas Xangô quis assim. Foi Xangô que escolheu Aninha para sentar no trono, ele que é o dono da casa.

O terreiro foi fundado por nossa mãe-de-santo. Ela veio da Bahia e abriu um terreiro de candomblé na Vila Mariana, ali perto da caixa-d'água. Depois mudou para Pirituba e depois para o lugar onde está até hoje. Ela se chamava Maria Júlia Santana de Carvalho e era de Xangô, e tinha sido feita de santo em Cachoeira. Ela abriu a roça de candomblé num tempo em que só tinha umbanda aqui em São Paulo. Hoje candomblé tem um em cada esquina, mas não era assim, não. Minha mãe lutou muito, sempre muito apegada a Xangô. Foi até presa, ela e os filhos, até os ogãs, mais de uma vez. Naquele tempo, o senhor desculpe minha franqueza, a polícia invadia o terreiro e quebrava tudo, mas ela nunca desanimou. Xangô dava a força, ele é do fogo, e com o tempo a coisa pegou, o axé cresceu, o terreiro de minha mãe vingou. Com a graça de Xangô.

Aninha foi a última das filhas a fazer a obrigação de sete anos com nossa mãe viva. Então nossa mãe morreu, o que foi uma coisa muito triste. Ficamos um ano de luto: os orixás cobertos com pano, os atabaques deitados no chão, a gente só usando roupa branca. Cumprimos todos os preceitos.

O ano do luto passou e chegou o dia de sentar outra mãe na cadeira de Xangô. Trouxemos do Rio de Janeiro o oluô mais respeitado. Oluô é alguém de muito conhecimento no jogo de búzios, viu? Quem escolhe a nova mãe-de-santo é o dono da casa, que é Xangô, e ele fala pelo jogo de búzios do oluô. Assim a gente ia saber quem Xangô queria para sentar na cadeira de ialorixá, quem ia ser a nossa nova mãe. Quer dizer, a gente praticamente já sabia, porque costuma ser uma das filhas mais velhas e mais experientes, alguém que já ajudava a mãe-de-santo quando ela era viva, alguém que já tem o traquejo e sabe mandar, que sabe tudo. Eu não podia ser, porque eu sou equede, eu não viro no santo. Minha função é outra. A cadeira era para ser de Etelvina Bispo dos Anjos, filha do orixá Ogunjá. A gente chamava ela de mãe Vivi, e mãe Vivi era a mãe-pequena da casa, a segunda na hierarquia. Era a candidata perfeita. Só que ela nunca se sentou na cadeira de ialorixá, porque ela não foi a escolhida.

Quando chegou o dia de escutar a vontade de Xangô, foram buscar o oluô no Rio de Janeiro. Pai Antenor, era esse o nome dele, chegou com toda aquela pompa dos antigos; a casa ficou cheia de mães e pais de outros terreiros, que foram tomar a bênção do oluô e acompanhar o jogo. Todos queriam estar presentes, porque ia ser um jogo estupendo. Todo mundo queria ver o oluô jogar, ele era muito famoso e respeitado. Naquele dia todos nós, filhos da casa, vestimos roupa de festa e sentamos no barracão em volta da cadeira colocada bem no centro para o oluô.

Depois que todos se sentaram e guardaram silêncio, ele jogou os búzios e disse que a escolhida era uma filha de Oxalá. Filha de Oxalá? Foi um espanto geral. Mãe Vivi estava ali só esperando a indicação do oluô para sentar na cadeira, mas ela era de Ogunjá, não era de Oxalá. E na hora muitos pensaram que tinham ouvido errado. Será que ele tinha dito Oxalá ou Ogunjá? Mas ele repetiu bem alto em nagô: "Omó Orixanlá ni agá Obá", que era o mesmo que dizer "uma filha de Oxalá na cadeira de Xangô".

Então as filhas de Oxalá se apresentaram, e ele foi jogando os búzios e dizendo: "Esta não", "Não é esta", "Ainda não é", até que sobrou só uma filha de Oxalá na fila. Mas era Aninha, que era ainda muito moça para ser a mãe-de-santo. Tinha as obrigações completas, mas ainda menstruava. No modo de ver do candomblé, era mocinha demais para arcar com as responsabilidades do axé. Mas ele jogou os búzios e disse: "Estou na frente da ialorixá escolhida por Xangô. Parabéns, minha filha, mojubá. Que Oxalá, seu pai, a abençoe e lhe dê forças para suportar o peso da sua missão." Fez uma reverência e beijou a mão dela.

Tinha gente que aplaudia, tinha gente que chorava, tinha iaôs virados no santo. Os alabês levantaram os atabaques do chão e começaram a tocar, porque estava se iniciando uma vida nova para o terreiro e para todos nós. De onde eu estava sentada, eu procurei mãe Vivi com os olhos e não achei. Ela já tinha se retirado do barracão. Aí todo mundo fez fila, por ordem da hierarquia, começando pelos mais velhos, e fomos um de cada vez deitar aos pés da mãe-de-santo e beijar sua mão. Menos Vivi e todos os que queriam que ela fosse a escolhida. Eles foram embora atrás dela e nunca mais voltaram.

Então Ana Conceição Mota, mais conhecida por mãe Aninha, assumiu e ficou sendo a nossa mãe, e eu passei anos da minha vida ao lado dela, ajudando em tudo, porque muita coisa que a mãe-de-santo tem que saber ela não sabia, mas eu ensinei e ela aprendeu. E ela se tornou a grande ialorixá que ela é. Os meus irmãos que tomaram o partido do outro lado nunca aceitaram a leitura que o oluô tinha feito da vontade de Xangô. Eles acusaram o velho de estar mancomunado contra mãe Vivi. Chegaram a falar que ele tinha recebido dinheiro para tirar mãe Vivi do trono que de direito era dela, que absurdo! Fizeram de tudo para acabar com a gente: muito ebó, muita intriga, tudo o que é fuxico, uma verdadeira guerra. Mas eles perderam e tiveram que entregar os pontos: deixaram a gente em paz. A vontade de Xangô prevaleceu. Xangô é grande.

Os primeiros anos do governo de Aninha foram tempos difíceis, se foram. Perdi todos aqueles irmãos-de-santo queridos que acompanharam Vivi e nunca mais voltaram. Menos um menino que na época tinha uns sete, oito anos e que depois que se passaram mais de vinte anos retornou ao nosso axé. Foi só ele que voltou, aquele menino de Xangô, Tadeu de Xangô, neto carnal de mãe Vivi. Ele voltou, só ele. Mas isso foi depois da morte da avó. Faz pouco tempo. Desde aquele dia em que o oluô apontou Aninha para o trono de Xangô, Etelvina do Anjos, Vivi de Ogunjá, desapareceu de nossas vidas, mas o netinho dela voltou. Xangô é grande.

Faz tanto tempo que ninguém mais se lembra dessa história, a não ser uma equede velha que não tem mais nada a fazer a não ser viver remoendo suas lembranças antigas, que não tem para quem contar.

Fernando guardou as folhas no envelope e o devolveu a Iracema, agradecendo também pelo café que ela lhe servira. Pediu à escrivã que dissesse a Paixão que estaria em casa, caso o delegado quisesse conversar. Foi para o estacionamento.

Não queria acreditar no que tinha lido. Era uma história bem antiga, que o próprio terreiro se empenhara em esconder. Ele estava com mãe Aninha havia dez anos e nunca ouvira falar de mãe Vivi. Rememorou as palavras do delegado ao telefone: "Ela me entregou a solução de mão beijada". O depoimento da velha equede escancarava um belo motivo para os crimes, e um bom motivo era tudo o que um delegado podia desejar. Vingança; agora estava dito que um deles tinha um motivo genuíno para vingar seu próprio sangue.

"Nossa!", murmurou Fernando.

Em casa, à noite, Fernando resumiu para Luísa o depoimento da Equede. O espanto dela não foi menor que o dele. Debaixo dos olhos deles, e não tinham percebido nada!

Agora, sabendo um pouco mais sobre a história do terreiro, os dois procuravam entender o relacionamento complicado entre certas pessoas, cujo significado até então lhes escapava. Sobretudo relações conflituosas alimentadas pela disputa de poder, demonstrações de amargura por velhas injustiças, reações de raiva sem motivo aparente.

Paixão ligou por volta das dez horas: haviam acabado de prender Tadeu na saída da igreja da praça Marechal. Tadeu negara tudo, mas Paixão acreditava que ele ia acabar confessando. Paixão talvez se demorasse no DHPP, o interrogatório podia se arrastar noite adentro. Mas, enfim, estava tudo terminado.

— Tadeu foi preso. Está tudo terminado — disse Luísa para Fernando, desligando o telefone.

25

No café-da-manhã, Fernando e Luísa conversaram sobre a prisão de Tadeu e o depoimento da Equede. Tantos anos haviam se passado e o menino voltara para vingar a avó, que morrera, ao que tudo indicava, sem se conformar com o fato de não ter sido escolhida mãe-de-santo. Era evangélico e só voltara ao terreiro para se infiltrar e esperar por uma boa oportunidade para agir. Por isso ainda não dera continuidade às suas obrigações iniciáticas. Apenas fingia. E todos gostavam tanto dele! Preparava as comidas dos orixás com talento e disposição, era um excelente artesão, fazia os colares mais bonitos, dançava com graça, sabia todas as cantigas. Como se não tivesse se afastado do terreiro um só dia. Era um grande artista, mas sua maior arte era a de ator: enganara a todos com perfeição.

— O mais chocante é que nunca soubemos dessa história da sucessão. Eu sabia que Tadeu era neto de uma antiga filha-de-santo que deixara a casa havia muito tempo, mas nunca imaginaria que o motivo do afastamento foi uma disputa pelo cargo de ialorixá. Nunca ninguém me disse nada, nem a Equede. Não me conformo — reclamou Fernando.

— Acho que há muitas histórias antigas de que nunca ouvimos falar.

— Mas eu devia saber. Já que assumi a responsabilidade de organizar a memória do terreiro, classificar os documentos e fotografias, enfim, fazer nosso pequeno memorial e escrever a história do terreiro, acho que deveria ter sido informado sobre esses fatos da sucessão. Se não, que raio de passado é esse que eu devo registrar? Que porra de livro vou escrever sobre o nosso axé? Sobre qual memória?

— Sobre a memória que o terreiro está interessado em preservar. A memória não é apenas uma das possíveis versões sobre o passado? Não se diz que a história é a versão do vencedor, em que muitas coisas podem ser apagadas, e outras, valorizadas ao extremo?

— Ainda assim, acho que eu deveria ter sabido. Quantas vezes não fui com Mãe visitar o oluô Antenor no Rio de Janeiro? Passávamos a tarde toda conversando, ele adorava contar as histórias do passado, mas o nome de mãe Vivi nunca foi pronunciado. E olhe que ele contou com pormenores como foi o jogo de búzios que indicou Mãe para o cargo. Pelo que eu entendi, não havia nenhuma disputa, ninguém saíra perdendo, ninguém tinha sido melindrado.

— Eu aprendi que no candomblé quem vai embora não conta mais, deixa de existir. O candomblé não olha para quem ficou para trás. Os que escolheram um outro caminho, assim como os que se tornaram desafetos, não são lembrados, para que morram na lembrança do grupo e percam a possibilidade de viver na eternidade. Nunca estarão entre os antepassados cultuados pelos que virão depois. O candomblé é, essencialmente, uma religião de antepassados!

— Às vezes me esqueço disso.

— Sem contar que não se espera que a mãe-de-santo dê satisfações de seus atos nem justifique situações. Ela só deve satisfação ao orixá dono do terreiro.

— Tudo teria sido mais fácil e menos sofrido se desde o começo a gente soubesse que havia alguém entre nós com sérias razões para querer prejudicar Mãe, o terreiro e o candomblé como um todo. Foi o que acabou acontecendo, sem contar as vítimas inocentes, que morreram sem ter nada a ver com o terreiro e suas disputas antigas.

— Talvez Mãe não tenha se lembrado ou não tenha acreditado que a volta de Tadeu tivesse alguma coisa relacionada a uma possível intenção de vingar a avó.

— Não foi por falta de perguntar e insistir.

— Fernando, por que será que de repente a Equede contou tudo?

— Nunca saberemos. Mas tenho comigo que ela suspeitava de Tadeu e que, como quem não quer nada, como quem remexe nas lembranças para valorizar a própria existência, deu um jeito de entregar tudo.

— Por que ela não foi direto ao ponto? Dizendo, olhe, tem um menino assim, assim assado...

— A Equede tem um grande senso de hierarquia. Ela jamais diria qualquer coisa que contradissesse Mãe. Lembre-se de que ela foi o sustentáculo do terreiro naquele momento de crise, que ela garantiu que a indicação de Mãe se consolidasse. Talvez ela não tenha contado tudo. Pode ser que Mãe tenha sido a candidata da Equede, que não podia assumir o poder pelo fato de ser equede e talvez preferisse ter no trono alguém em quem pudesse mandar, uma filha-de-santo jovem e inexperiente. Mas isso é apenas uma suposição. O fato é que Mãe dizia acreditar que nenhum filho da casa teria razões para cometer aqueles crimes, até onde ela podia entender. E se Mãe dizia isso, não era a Equede que ia dizer o contrário, certo?

— Talvez seja por aí.

— A Equede usou a oportunidade do depoimento para falar de si mesma. Contou uma história do passado que mostrava como ela foi importante e, de passagem, falou do menino que voltou, sabendo que Paixão ia entender.

— Não é à toa que ele disse que o depoimento da Equede esclarecia tudo.

— Pois é. Primeiro a história do suposto sincretismo afro-pentecostal, um absurdo, depois a revelação da Equede. As duas coisas identificaram Tadeu como o assassino.

— Hoje faz um mês que tudo começou. Sem o depoimento dela, os crimes não estariam solucionados.

* * *

A foto de Tadeu algemado na saída da igreja evangélica estava na primeira página dos jornais. Os preparativos da prisão iminente tinham vazado; os fotógrafos estavam a postos quando a polícia chegou na praça Marechal.

Paixão ligou para Luísa às onze horas e disse que Tadeu continuava afirmando que era inocente. Às seis da tarde ainda não confessara.

Ficaram de se encontrar à noite.

Luísa preparou o jantar com a ajuda de Fernando. Paixão chegou às oito e meia.

O assunto do jantar, evidentemente, foi a prisão. Paixão contou que Tadeu continuava negando ter matado quem quer que fosse e que pedia o tempo todo para ver mãe Aninha.

— Ele diz por quê?

— Diz que ela sabe que ele é inocente e, se não sabe, poderia saber, pois Xangô não negaria a verdade, se ela perguntasse. Insiste no fato de que ela tem os búzios exatamente para se comunicar com os orixás.

— E você falou com ela?

— Não. Vamos deixar mãe Aninha em paz. — Paixão sabia que era inútil qualquer esclarecimento que tivesse o oráculo como fonte. A mãe-de-santo falava pelos orixás, e o que os orixás diziam não valia num tribunal não religioso. Impossível usar a religião como instrumento de investigação. Paixão não queria melindrar ninguém. Então, melhor desconversar.

Luísa se sentia incomodada por um sentimento que não a largava. Resolveu falar.

— Não me levem a mal, mas eu tenho a sensação de que Tadeu é mesmo inocente.

— Como assim? — Paixão se surpreendeu.

— Na noite passada, tive um sonho.

— Os sonhos de Luísa costumam ser elucidativos — disse Fernando. — Um dom que ela tem desde menina. Conte o sonho, Luísa.

— Fui dormir com a notícia da prisão e com o depoimento da Equede se agitando na minha cabeça. Sonhei com Iemanjá, que estava triste: o mar não se movimentava, as ondas estavam paradas, não soprava nem uma pequena brisa, os peixes morriam e eram lançados à praia. Os pescadores estavam desesperados, não pescavam nada, e suas famílias passavam fome.

— Um sonho mítico — admirou-se Fernando.

— Então Iemanjá foi à casa de seu filho Xangô em busca de ajuda — continuou Luísa. — Lá chegando, encontrou Xangô de pé, olhando fixamente para o chão. Seus dois machados duplos estavam caídos a seus pés, e ele tentava pegá-los, mas seus braços não os alcançavam. De repente, uma tempestade desabou, porém não se ouvia o barulho dos trovões, como se Xangô estivesse mudo. Então ele fez um enorme esforço para falar, mas, em vez de palavras, foi o fogo que jorrou de sua boca. E o fogo provocou um incêndio, que correu pela relva e reduziu a cinzas os machados que continuavam no chão.

— Na mitologia isso é indício de que alguma injustiça estava acontecendo — disse Fernando a Paixão.

— Bem, a essa altura, Oxaguiã surgiu e deu a Xangô sua espada e sua mão-de-pilão. Emprestou suas armas, mas a roupa de Oxaguiã estava toda suja.

— Péssimo augúrio — disse Fernando.

— Foi isso. Depois não me lembro de mais nada.

Fernando disse que, na mitologia, Iemanjá recorria a Xangô quando havia injustiças a reparar. E que Oxaguiã, quando era rei, ficara famoso por libertar um amigo de infância que estava preso injustamente.

— Os machados duplos com que Xangô aplica a justiça foram queimados por seu descuido e sem eles a injustiça não podia ser reparada. Sem justiça, a catástrofe no reino de Iemanjá não cessaria — disse Fernando.

— O que esse sonho significa para vocês? — perguntou Paixão, visivelmente incomodado. — Talvez um aviso de que temos um erro de julgamento e que Tadeu é inocente?

— Um sonho não mostra uma verdade, mas pode apontar para um caminho que às vezes não está claro — disse Fernando.

— O fato é que temos indícios fortes contra Tadeu, mesmo que ele não confesse. A ligação dele com a avó é muito presente. No apartamento dele encontramos grande quantidade de fotos da avó nos trajes rituais, roupas, colares, tudo mantido na maior ordem, como objetos sagrados. Ele acende velas diante de seus retratos!

— Significa somente que ele venera a avó — disse Fernando.

— Mas no quarto dele demos de cara com sua estranha predileção por colecionar facas aparentemente nunca usadas: encontramos uma gaveta cheia delas.

Ficaram um momento em silêncio, depois Fernando falou:

— Espero que não forcem Tadeu a confessar.

— Claro que não. Quanto a isso, podem ficar tranqüilos.

Às onze horas, Fernando e Luísa foram para o aeroporto de Guarulhos buscar a irmã, Rita, que chegava de Natal. Paixão foi para casa. Não dormira na noite anterior, não se sentia bem. Não estava com cara de quem havia vencido uma batalha, observara Fernando.

Rita chegava a São Paulo preocupada com os irmãos. Luísa se sentia mais segura com sua chegada. Quando estava em São Paulo, Rita dormia no quarto de Luísa, como quando eram meninas, na mesma casa da Vila Mariana onde o pai viúvo criara os quatro filhos. Naquela noite, em suas camas, Luísa pôs Rita a par do que estava acontecendo com eles. Queria mesmo era falar de Paixão, se abrir com a irmã.

Conversaram até tarde.

Quando Rita foi aprovada no concurso para docente da Universidade Federal do Rio Grande do Norte e se mudou para Natal, Luísa sentiu muito sua falta. Para ela e também para Fernando, Rita era a irmã que resolvia os problemas e cuidava do bem-estar dos irmãos, mesmo com a pouca diferença de idade. Francisco era mais independente, mas também acatava as opiniões da irmã e endossava suas decisões. Rita era racional sem ser babaca, dizia Fernando. Rita era como são Tomé, dizia o pai deles: só acreditava vendo.

Fernando tinha dificuldade para expressar seus sentimentos e não gostava de falar de sua intimidade. Até seus namoros escondia dos irmãos. Vira e mexe, Rita punha Fernando contra a parede. Para arrancar as coisas dele só com saca-rolhas, e mesmo assim elas iam saindo aos pouquinhos, a conta-gotas. Às vezes, sob pressão, ele contava tudo e ficava aliviado. Quando Rita foi para Natal, Fernando achou que nunca mais teria com quem conversar. Preferiu se fechar mais ainda. Fora uma criança sensível e medrosa, que crescera aprendendo a não se expor para não se machucar.

Dos irmãos, Francisco era o mais parecido com Rita. Talvez por isso fossem mais distantes um do outro. Eram parecidos até fisicamente, haviam puxado ao pai. Fernando e Luísa lembravam mais a mãe, como mostravam as fotografias. Francisco era atraente, mas não bonito como Fernando, que tinha o cabelo preto e os olhos azuis da mãe, iguais aos de Luísa. Nem tinha a altura e o corpo bem-feito do irmão. Francisco tocava a vida para a frente e o fazia bem, sem depender do apoio nem dos conselhos de ninguém. Às vezes os irmãos reclamavam que seu sentimento de autonomia excessivo o roubava do convívio com o resto da família.

Fernando e Luísa viviam grudados um no outro. Não era à toa que, quando Luísa entrou para o candomblé, Fernando entrou também. Era bem deles. Agora, juntos, estavam enfiados até o pescoço nos lamentáveis episódios que envolviam assassinatos, sacrifícios humanos e outras barbaridades. E ainda por cima metidos com um delegado de polícia!

O delegado podia ser bonito, simpático e atraente, até mesmo inteligente e culto, tudo o que Luísa dissera dele. Mas ainda assim era um homem da polícia, gente acostumada a relações pouco civilizadas, obrigada por profissão à intimidade com a violência e a corrupção. Claro, quem sabe não era tudo idéia preconcebida? Paixão podia de fato ser um bom sujeito. Luísa não costumava se enganar sobre o caráter das pessoas. Mas Rita estava preocupada, temia que aquilo terminasse mal, que os irmãos viessem a sofrer. Não era um pressentimento; era a razão dos fatos que apontava para isso.

26

Nos três dias seguintes, os crimes sacrificiais, com novos assassinatos apócrifos e agressões correlatas, garantiriam a ocupação integral dos policiais e seus ajudantes amadores.

Na Freguesia do Ó, o terreiro de mãe Aninha continuava sob proteção policial. Outros terreiros da região metropolitana vinham solicitando o mesmo cuidado e, como não era possível atender a todos os pedidos, pois só na capital o número de terreiros atingia quatro dígitos, foram enviadas escoltas aos considerados mais antigos, mais importantes ou mais visados. Isso provocou uma enorme ciumeira entre os terreiros, e os que não puderam ser atendidos se sentiram discriminados. Os critérios de importância e antigüidade empregados pelo esquema de proteção foram duramente criticados, e acusações de favoritismo, fisiologismo, politicagem e até corrupção contribuíram para tornar o clima ainda mais tenso e delicado.

Não tardou, e as igrejas cristãs e outras modalidades religiosas também começaram a requisitar e depois a exigir proteção das forças policiais. A delegacia de proteção à pessoa, do DHPP, ganhou mais essa incumbência, em princípio alheia a suas atribuições principais: organizar e pôr em prática um plano de proteção aos terreiros. O problema maior era que não se tratava simplesmente de efetivar medidas de defesa onde elas fossem necessárias, mas de acalmar os ânimos, dar atenção às lideranças que se sentiam injustiçadas e combater as fontes de boataria que insuflavam o conflito. O esforço exigia certa competência diplomática e algum conhecimento de psicologia social, o que contribuiu para aumentar o batalhão dos especialistas voluntários.

O delegado Tiago Paixão continuava encarregado do plantão de autenticação da assinatura do Sacrificador e assessorava os distritos policiais e delegacias especializadas que ficavam fora da jurisdição do DHPP, no estado de São Paulo e fora dele. Ainda trabalhava na rede de informação entre terreiros e descobriria coisas interessantes, embora o esforço estivesse fadado ao abandono. Com a esperada confirmação da culpa de Tadeu, a construção da rede acabaria se tornando trabalho inútil.

Paixão sabia, por exemplo, que Júlia de Iansã, além de filha-de-santo, era uma empregada remunerada do terreiro. Passava o dia todo lá, mas dormia em sua casa, onde funcionava um outro terreiro, o de sua mãe biológica. Era da tradição as mães mandarem os filhos de sangue se iniciarem em outra casa. Júlia sabia quem entrava e quem saía e o que cada um ia fazer no terreiro de mãe Aninha, e sentia prazer em manter o pessoal de uma casa devidamente informado da outra. Denílson, Teresinha, Ivone e a equede Lina tinham irmão, cunhado ou primo em outras casas-de-santo. Izildinha e dois outros filhos de mãe Aninha estavam freqüentando um curso de língua africana, e se encontravam diariamente com alunos pertencentes a outros candomblés. Nas horas de folga, Jorginho e os outros tocadores, quando não estavam no terreiro de mãe Aninha, estavam em algum outro. Na casa da velha equede Paulina, famosa por sua competência religiosa, sempre havia alguém em busca de ensinamento ritual. O telefone da casa dela vivia ocupado. A rede não tinha fim. Paixão conseguira identificar, contudo, doze terreiros em permanente conexão com o de Luísa e Fernando. Um deles podia ter sido abastecido com as notícias do odu da morte trazidas pelos búzios de mãe Aninha. Nunca teria meios de investigar todos eles, mas já estava convencido de que a informação corria por caminhos de duas mãos. Pelas mesmas pessoas que levavam as novidades para fora do terreiro da Freguesia do Ó, poderia saber o que se passava no lado de lá. Era só estar atento. Mas esperava que seu empenho em breve não tivesse mais razão de ser.

Tadeu, contudo, parecia imune aos artifícios dos seus inquisidores. Mesmo com as forças exauridas por horas infindáveis de interrogatório, seu ânimo não arrefecia. Continuava a alegar inocência, pedia pela presença de mãe Aninha e implorava a Xangô que o livrasse da injustiça.

Na noite da quinta-feira, Paixão foi apresentado a Rita numa reunião de família. Professora em Natal, ela fora a Ribeirão Preto participar de uma atividade universitária e estava em São Paulo por uns dias. Francisco e Lavínia, com a gravidez confirmada, ofereceram um jantar em seu apartamento do Jardim da Glória. Fernando chegou cedo para ajudar Lavínia na cozinha. Agora tinha tempo livre de sobra. Nos seus minutos de fama, primeiro aparecera como suspeito de homicídio, depois como colaborador da polícia. Sua filiação ao candomblé fora amplamente alardeada. Por causa disso, perdera dois dos seus quatro empregos. Os hospitais que o demitiram eram mantidos por instituições religiosas, e as religiões estavam em guerra.

Rita quis saber dos últimos acontecimentos, e Paixão não poupou pormenores. Contou como haviam desvendado que o motivo dos crimes era dos mais corriqueiros: vingança. Um desejo de reparação acalentado por anos e anos, a propósito de um fato do qual o assassino, por ser na época uma criança, certamente não se lembrava direito.

— "Vingança é um prato que se come frio" — disse Paixão. — Mesmo a avó já não estando entre os vivos, Tadeu finalmente cumpriu a promessa de vingar uma injustiça antiga que a memória da avó certamente vinha cobrando.

— Vingança demasiado tardia — refletiu Rita, balançando a cabeça. — Tardia e sem sentido. Me desculpe, Paixão, mas realmente isso não me convence. Na concepção dos nagôs, que trouxeram o candomblé para o Brasil, a vingança não pode ser deixada para depois. Nenhuma ação importante pode ser projetada no futuro distante. Para eles, o futuro imediato é o que conta.

— Onde você aprendeu isso? — quis saber Luísa.

— Você não vive me dando livros sobre o candomblé? Pensa que eu não leio? — Aos demais ela acrescentou: — Luísa me dá livros para ver se eu mudo minha opinião sobre o candomblé.

— Deveria dar uns para mim também — brincou Francisco.

— Você não tem conserto — replicou Luísa, beijando o irmão mais velho. — Mas continua, Rita.

— Pois então, os nagôs pensam a vida no presente como repetição do que já aconteceu no passado remoto aos orixás e aos primeiros humanos. Eles não fazem planos para o futuro, não pensam na vida lá na frente porque o que importa é o que aconteceu no passado aos ancestrais. Acho que o tempo transcorrido entre a derrota da avó na sucessão do trono do terreiro e a suposta concretização da vingança é longo demais. Para um nagô, as mortes fariam sentido se tivessem ocorrido logo depois do episódio da sucessão, não tanto tempo depois.

Paixão não se deu por vencido:

— Mas Tadeu é brasileiro, não é nagô.

— Mas pensa com as categorias de pensamento do candomblé, que são herança nagô. Se não pensa, então a idéia de vingança faz menos sentido ainda. Por que ele iria matar três pessoas em nome de um trono que fora do terreiro não tem a menor importância? Ele não é de fato nagô, mas seu pensamento é. Toda religião pretende orientar o comportamento de seus seguidores, interferindo na concepção que a pessoa tem do mundo.

Diante da expressão de dúvida de Paixão, Rita continuou:

— Cada religião faz isso a partir dos valores que ela defende. O ódio dos pentecostais às religiões afro-brasileiras, por exemplo, não tem nada de pessoal. A religião deles lhes ensina que o mal resulta não da ação do homem, mas da do diabo. E combatem os orixás porque acreditam que sejam faces do demônio. Pensam e agem a partir daquilo que sua religião inculca em suas mentes. O mesmo se dá no candomblé.

— Até aí tudo bem — disse Paixão.

— Mas ainda há um outro motivo para rejeitar a hipótese da culpa de Tadeu — insistiu Rita. — É uma explicação mais simples, mas são justamente essas as que valem mais.

— O princípio da navalha de Ockam — disse Paixão, feliz por demonstrar à professora que ele também entendia de filosofia da ciência.

— Exatamente, Paixão. Pois então veja: no candomblé, Tadeu é considerado um filho de Xangô, não é?

— É, e daí?

— Deve, portanto, agir como Xangô agiria. Ora, Xangô é um orixá sabidamente estourado, é o trovão que se manifesta na tempestade. É impaciente, impetuoso e acelerado. Basta ouvir seus ritmos e ver suas danças no terreiro. Xangô não deixa para depois o que pode fazer hoje. Xangô age no calor da hora. Se Tadeu fosse filho de Iemanjá ou Oxalá, que são lentos e obstinados, vá lá, mas sendo filho de Xangô... — foi concluindo Rita. — É o que dizem os mitos.

— Você deve ter uma biblioteca sobre o assunto — disse Francisco.

— Só uma meia dúzia de livros — Rita disse, rindo. — Agora, para encerrar, posso brincar com o provérbio que deu origem a esta discussão? Xangô gosta de comida fumegante, pegando fogo. Não ia preferir um prato que já tivesse esfriado. A tese da vingança como prato que se come frio vai para o espaço.

— Hum — resmungou Paixão, pondo uma pastilha na boca. — A realidade vista através do mito... Como exercício de interpretação, não deixa de ser interessante. Um belo exercício literário.

Lavínia, que se ausentara para ir à cozinha, voltou à sala com a bandeja de café, e Francisco ajudou a servir. Paixão, pensativo, não quis café, alegando que daria vontade de fumar.

27

Mãe Aninha levantou-se de madrugada, estava escuro, os galos cantavam ao longe. Incrível como uma cidade gigantesca como São Paulo não havia conseguido aniquilar completamente o canto dos galos e dos passarinhos, das cigarras e dos grilos, sons que se misturavam na imensidão distante ao latido dos cães vigilantes e ao miado dos gatos no jogo do cio. Era o que descobria quem acordava antes do amanhecer, quando o rugido dos carros, ônibus e caminhões ainda dormia.

A mãe-de-santo abriu a porta e saudou o dia com a prece de costume. Depois foi até a entrada da casa e cumprimentou Exu, o guardião e mensageiro. Agachada, a saia longa presa entre as pernas, tomou de uma garrafa e derramou um pouco de azeite-de-dendê sobre o assentamento do orixá, tirou do bolso um obi, partiu a noz-de-cola em suas duas metades, ofereceu uma delas a Exu e mastigou a outra. O gosto era amargo, a polpa amarrava na garganta, mas era revigorante. O obi era o fruto preferido dos orixás, fonte preciosa de axé, e por ironia o ingrediente básico de refrigerantes como a coca-cola, um dos emblemas da civilização do Ocidente. Mas ela não pensava nisso, estava apenas dividindo seu primeiro alimento do dia com o senhor das encruzilhadas.

Pediu clemência, pois eram grandes o temor e o sofrimento. E a dor não chegara a seu limite, ela sabia. A prisão de Tadeu pesava em seu coração, trazendo de volta episódios tristes do passado que ela preferia esquecer, que se esforçara por enterrar.

Depois pediu agô ao Mensageiro e foi saudar os demais orixás em seus quartos-de-santo. Um por um. Não podia deixar nenhum de fora. Precisava da força de todos eles. Para cada um, um pequeno agrado; a cada um, o mesmo apelo. Nos quartos, que iluminava com a chama insegura de uma lamparina de azeite-de-luz, a mãe se prosternava diante dos orixás, tocava o chão com a testa e batia as palmas ritmadas da saudação africana. Baixinho, para não acordar ninguém. Queria permanecer sozinha por mais tempo, só ela e os orixás.

No quarto de Xangô, presenteou o dono da casa com orobôs, a noz-de-cola amarga, que ele preferia ao obi, e rezou demoradamente.

Nunca entendeu a escolha de Xangô. Nunca lhe passara pela cabeça a idéia de um dia vir a ser a ialorixá. Por que ela, se Etelvina, mãe Vivi de Ogunjá, era a mais indicada? Sempre fora, e todos sabiam disso. Ah, mãe Vivi! Mãe Aninha por quê? Sabia que às suas costas cochichavam os que não tinham tido coragem de ir embora. Durante quantos anos olharam para ela como se olha para uma usurpadora?

Quem sabe Xangô lhe reservara alguma missão que ela desconhecia? Só podia ser isso: um fardo ainda mais pesado. Gastara sua vida cuidando dos interesses de Xangô, iniciando os filhos-de-santo, mantendo o axé da casa, deixando sempre para trás os seus próprios desejos, esquecida dos sonhos de moça, consumida na anulação de suas vontades pessoais. O marido fora embora cedo e a deixara sem filhos. Era a mãe que não concebia, que tornava seus os filhos e filhas das outras mulheres.

Uma vida inteira fugindo do fantasma de Vivi, e eis que finalmente ela mostrava seu ódio e seu ressentimento. Quantas vezes não pensara em abandonar tudo e entregar a cadeira a Vivi, que, melhor que ela, saberia conduzir os negócios de Xangô? Mas era tarde demais, seu destino já estava traçado. A Equede jamais consentiria, e ela só tinha a Equede, não tinha mais ninguém para escutá-la, protegê-la e lhe dar carinho.

Durante anos e anos dependera dela para tudo, até para aquecer o corpo nas noites frias de São Paulo. Os filhos-de-santo? Um abismo a separava deles.

O último quarto foi o de Oxalá, seu pai. Cumprimentou com devoção o orixá criador da humanidade, e saudou também Odudua, que roubou de Oxalá a criação do mundo. E ela, pensou, não roubara de Vivi o governo da casa de Xangô? Partiu vários obis e os ofereceu. Era sexta-feira, dia de Oxalá, dia de usar roupa branca, comer comida sem tempero, privar-se de café e álcool, deixar de lado os prazeres da carne, dia de jejum, de abstinência. Deitou-se na esteira aos pés do pai, seu orixá, sua origem, e ali ficou.

Havia sido grande seu susto ao ver Tadeu de volta, pedindo para ficar, segurando sua mão como quem se agarra a uma esperança que se vai, deitando-se a seus pés para beijar o chão que ela pisava. Era Vivi que voltava, teve medo. Quem a protegeria agora? O oluô que a sentara na cadeira estava morto. A Equede já não ligava muito para o que se passava neste mundo, só queria cultivar suas lembranças.

Tadeu fora iniciado ainda menino, mas suas obrigações rituais estavam atrasadas, e ele precisava completá-las. Como ela poderia presidir às obrigações, se a avó dele sabia mais que ela? Justamente agora, que pouco podia contar com a Equede, que já não se comprazia em obrigá-la a agir como a mãe-de-santo que ela, a Equede, não podia ser por força de seu cargo.

Protelou, adiou, encontrou mil desculpas, e Tadeu teve que esperar. E nunca chegou o dia em que, pelas mãos dela, o orixá do menino receberia a cuia de sangue que ela colheria das veias do carneiro abertas pela faca do axogum. A carne de Vivi não comeria pelas mãos dela, pois ela não podia presidir aos sacrifícios, não se sentia digna.

Queria tanto que o destino tivesse sido outro. Mas Vivi partira desta vida e ela nunca mais poderia lhe devolver a cadeira. Estava para sempre acorrentada ao trono. Nunca mais voltaria a ser uma mulher comum.

Enfiou a mão sob o pano-da-costa que lhe prendia os seios e tirou uma trouxinha. Envoltos no pano estavam seus búzios, que ultimamente quase não jogava. As obrigações da casa haviam sido interrompidas pelos crimes; clientes, ela não atendia. Uma vez por semana trocavam a água das quartinhas dos orixás, às quartas-feiras ofereciam o amalá para Xangô, às sextas, a canjica para Oxalá. Exu recebia suas porções de farofa diariamente; os outros orixás, um ou outro pequeno agrado de vez em quando, para que não esquecessem seus filhos. Mas tudo era muito discreto, sem a celebração do sacrifício de sangue, sem a festa, sem as danças. Era um tempo de tristeza, e o axé estava se consumindo. Que os orixás permitissem que o terreiro voltasse logo a tocar os seus tambores e alegrar seus filhos, desejou do fundo de seu espírito.

Mãe Aninha arrumou o jogo sobre uma esteira, sentou-se ali e rezou. Esfregou os búzios entre as mãos e fez a pergunta a Xangô. Ela precisava da certeza dita pelo orixá; não queria que a verdade se sustentasse somente em seus próprios sentimentos sobre o passado.

Tadeu era culpado ou inocente?

Na caída dos búzios falou Xangô:

Tadeu era inocente.

Era o veredicto de Xangô, não admitia contestação nem dúvida.

"Meu pai, meu pai."

Corroída pela insegurança, pediu depois aos búzios que mostrassem os augúrios para os dias que estavam por vir. Quem sabe uma mensagem de alento não esperava por ela em outra caída das conchinhas sagradas?

Lançou os búzios na esteira.

E os búzios mostraram o vaticínio fatídico: o odu da morte. Mais uma vez, a morte escrita nos búzios. Era o que o oráculo anunciava.

Mãe Aninha chorou, e um sentimento dolorido de impotência e abandono tomou conta da alma da mãe-de-santo.

* * *

Passou o dia recolhida no quarto de Oxalá. Queria o aconchego de seu orixá, precisava da calma daquele recinto todo branco. A filha Elzinha de Nanã levou-lhe o prato de comida branca e a caneca de água. Comeu com a mão, num gesto de humildade, como comem os iaôs. Bebeu da caneca de ágate e voltou a se deitar na esteira nua aberta no chão duro, como dormem os que estão reclusos cumprindo suas obrigações.

Às seis da tarde, depois de bater com os nós dos dedos na porta, pedindo agô, Elzinha entrou no quarto. Agachou-se diante da mãe-de-santo e com a cabeça baixa disse que o doutor Paixão estava lá e precisava vê-la. Era urgente.

O odu da morte. O coração ficou mais apertado.

Que ela desse ao doutor delegado um pano branco para que ele se cobrisse, que lhe pedisse que tirasse os sapatos e o fizesse entrar no quarto de Oxalá. Ela estava esperando por ele. Sabia que viria.

Paixão entrou no quarto e ela o fez sentar-se na esteira junto dela.

— São notícias ruins, não são?

— São, mãe Aninha. Sinto muito.

— Pode dizer, meu filho.

— Meu colega do 49 DP chamou o Departamento de Homicídios. Aquele jeito de matar e fazer a encenação da matança voltou a acontecer. Tudo arrumado com perfeição.

Ela tocou com os dedos o chão e a testa. Paixão prosseguiu:

— Fui imediatamente para São Mateus, onde os dois corpos foram encontrados.

— Tenho dois filhos que moram lá, irmão e irmã de sangue.

— São eles. A primeira coisa que vi é que eram desta

casa. A fotografia da senhora entre os dois está na parede da sala. Lembrei-me de tê-los visto aqui.

— Teresinha e Teteu.

A mãe sentia pesar ainda mais o fardo. A que missão estaria reservada? "Meu pai Oxalá, me valei."

— Perto da casa deles mora um outro filho seu, não é?

— Mora. O Denílson de Oxumarê.

— Macho e fêmea.

— O quê, meu filho?

— Nada, mãe Aninha, só estava pensando alto.

Ficaram um minuto em silêncio, depois ele perguntou:

— Eles se davam bem? Os dois irmãos e Denílson?

— Os meninos não se falavam. Desentendimentos do passado, coisa muito antiga. Procurei reaproximá-los, mas nem todo mundo tem o dom do perdão. Teresinha tomou as dores do irmão.

— Por que eles brigaram?

— Acho que nem eles sabiam. Por amizade demais, intimidade demais. Quem sabe ao certo?

Paixão olhou nos olhos da mãe-de-santo e disse:

— Eu soube que quando brigaram feio aqui no terreiro, há poucos meses, Denílson ameaçou Teteu de morte...

— Eu não soube disso, meu filho. Nem sempre me contam tudo. Mas posso lhe garantir que no fundo eles se gostavam muito. Não acredito que um pudesse fazer mal ao outro. Matar, jamais.

Paixão estava perdido em pensamentos. Velhos motivos, amizades perigosas. Mãe Aninha o trouxe de volta:

— Falou com Fernando, meu filho?

— Falei por telefone. Contei os detalhes e ele me confirmou que o assassino fez tudo como se fosse um sacrifício duplo a Oxumarê, de um casal, como convém.

— Que os orixás nos protejam — rogou a mãe.

A mãe apertou os dedos de cada mão na outra e completou o pensamento:

— A morte agora está aqui dentro de casa.

Naquela noite Tadeu foi solto. Paixão se convencera de que a suposição de vingança em nome da avó já não se sustentava. Não podia manter Tadeu preso apenas por causa das inconsistências e dos percalços de sua vida religiosa. Fernando foi buscar Tadeu e tratou dele.

28

Chegou o dia da "Marcha do Brasil contra os inimigos de Deus", convocada inicialmente pela Igreja Radical do Império Divino e que agora contava, conforme seus organizadores, com a adesão de outras quarenta e três igrejas. A marcha culminaria com o "Grande encontro de oração pela vitória do Senhor", que aconteceria no Sambódromo, na Olavo Fontoura, avenida paralela à marginal do rio Tietê, Sambódromo que os crentes rebatizaram de Teódromo.

Todos os cristãos estavam convocados, e cada igreja deveria se organizar para levar seus fiéis ao Teódromo, inclusive os do interior e do litoral. Quatro milhões de fiéis eram esperados. A única arma autorizada era a Bíblia, a ser empunhada pelos crentes com a mesma disposição de luta com que o guerreiro das Cruzadas portava sua espada. Durante o percurso, cantariam em uníssono o hino da vitória:

Glória
Glória, aleluia
Vencendo vem Jesus.

Os marchadores do Senhor deveriam estar preparados para não aceitar nem as provocações mais infames, pois o demônio conhecia todas as artimanhas e artifícios contra o bem. Sabia como usar inocentes incautos para distrair a atenção dos valentes defensores da ordem de Deus, falando em nome da paz e da concórdia entre as verdadeiras e as falsas religiões. Isso não mais se aceitaria, pois a única aliança possível era com Jesus.

Houve instruções precisas sobre os roteiros a serem seguidos pelas caravanas que rumavam para o Teódromo, com a indicação de vários corredores de tráfego. A marcha correria por toda a cidade: artérias trazendo o sangue de Cristo da periferia para o coração do encontro.

Em cada bairro da capital e nas outras cidades, o pastor de cada templo deveria planejar a melhor rota para conduzir seu rebanho ao corredor mais próximo, onde as diversas passeatas daquela região se juntariam como afluentes dos rios que iriam formar o grande mar de fé que lavaria os pecados da cidade. Todo tipo de transporte seria usado; milhares seguiriam a pé. As orações no Teódromo teriam início às quatro da tarde, de modo que os encarregados das procissões deveriam estudar qual o melhor horário de partida da igreja em que os fiéis de cada comunidade estariam concentrados em oração. Quem tivesse de trabalhar naquele sábado deveria abandonar o serviço a tempo de chegar sem atraso ao Teódromo. As faltas ao trabalho seriam abonadas pelo Espírito Santo, foi o que se disse.

Não se pensou em planejamento de tráfego, nenhuma engenharia de trânsito foi cogitada pelos organizadores. A prefeitura garantia que não havia chegado aos seus órgãos e repartições nenhum pedido de uso do Sambódromo. Os organizadores estavam determinados e confiantes, acreditando que o Espírito Santo cuidaria de tudo.

A manifestação foi proibida pelas autoridades, por razões de segurança. O DSV e a CET estariam a postos não para orientar a marcha, mas para impedi-la, assim como as polícias de trânsito, a guarda municipal, o corpo de bombeiros e todos os órgãos estaduais e municipais direta ou indiretamente ligados às questões de transporte e tráfego, segurança pública e Defesa Civil. Em diferentes pontos da cidade, a Polícia Militar montou postos de monitoramento para subsidiar o esquema de repressão. Se conseguiriam mesmo impedir a marcha, eram outros quinhentos. Quem deteria as legiões de soldados crentes, contadas às dezenas de milhares?

Informes do governo divulgados pela televisão e pelo rádio procuravam esclarecer a população, especialmente os evangélicos, sobre a proibição da marcha e do encontro.

Nem todas as igrejas evangélicas estavam de acordo com a demonstração. As protestantes históricas se mantiveram quase todas neutras, e algumas delas chegaram a se pronunciar abertamente contra o evento. No segmento pentecostal também houve defecções, e os opositores foram declarados traidores de Jesus. Para compensar as perdas, outros grupos religiosos haviam aderido, inclusive um terreiro denominado umbandista negro-cristão, esse sim considerado o traidor maior, mas pelo outro lado. Anote-se que esse grupo acabou sendo confundido com o inimigo tentando se imiscuir nas hostes do Senhor. Foi surpreendido em pleno viaduto do Chá, quando imprudentemente cantava e dançava ao som de atabaques, preparando-se para descer a rampa do Teatro Municipal e juntar-se a um dos tentáculos da marcha contra os inimigos de Deus, que avançava pelo vale do Anhangabaú. Os membros do grupo foram agredidos e dispersados.

Todas as previsões das autoridades responsáveis falavam em caos na cidade.

— Hoje os filhos pródigos não conseguirão voltar à casa paterna, os doentes não chegarão aos hospitais, os mortos não alcançarão os cemitérios — comentou um assessor do prefeito que gostava de falar por parábolas e metáforas.

— Vai ser o dia do Capeta — resumiu o coordenador da Defesa Civil.

— "O sangue de Jesus tem poder" — desconversou o porta-voz da organização da marcha, imbuído da sagrada missão de liquidar as seitas do demônio, pondo um ponto final definitivo nos sacrifícios humanos.

* * *

Fernando e Luísa foram para o terreiro logo cedo. Os irmãos-de-santo haviam combinado de passar o sábado com a mãe-de-santo, e os que puderam dormiram no terreiro. Por volta das nove horas já eram uns cinqüenta. Ao chegar ao templo, a maioria já sabia da morte de Teresinha e Teteu.

Os filhos-de-santo aguardariam a liberação dos corpos dos irmãos assassinados, que seriam velados e sepultados no cemitério de Vila Formosa. Alguns deles tentariam chegar ao necrotério para o velório, enquanto os demais ficariam no terreiro cuidando dos preparativos do axexê, a cerimônia fúnebre que seria realizada no terreiro após o sepultamento. Mesmo com a guerra religiosa comendo solta nas ruas, os mortos não podiam ser negligenciados.

Às onze e dez, Paixão ligou, avisando que os corpos, por causa da confusão na cidade, seriam liberados pelo IML somente no dia seguinte. Disse que estava indo para o terreiro, mas que não sabia quando conseguiria chegar. Queria saber se os quatro homens da PM que faziam a segurança estavam a postos. Estavam.

Às onze e quarenta e quatro, ligou de novo. Acabava de ser informado de que uma equipe de controle da PM, postada numa janela da esquina das avenidas Comendador Martinelli e Nossa Senhora do Ó, comunicara à central que um grupo de cerca de duzentas pessoas havia se separado do cortejo que descia a avenida Inajar de Souza e seguia pela Nossa Senhora do Ó. Aparentemente, avançava para as imediações do terreiro de mãe Aninha. Pediu que chamassem um dos PMs ao telefone.

Às doze e oito, Paixão ligou mais uma vez. A avenida do Estado estava tomada por uma massa compacta de gente e veículos de todo tipo. Sua viatura não conseguia avançar, mesmo com a sirene e as luzes de alerta ligadas. Segundo novo informe, o grupo que supostamente caminhava em direção ao terreiro de mãe Aninha estava armado de paus e pedras.

Às doze e cinqüenta e três, Paixão telefonou e foi informado de que cerca de duzentos manifestantes se concentravam à porta do terreiro cantando o hino da vitória de Jesus e gritando palavras de ordem para invadir. Os quatro soldados, que antes estavam na frente do terreiro, haviam se posicionado atrás do muro. Soube também que mãe Aninha pedira ajuda ao ogã desembargador e que ele conseguira, num gesto de favor especial do governador, o envio de um pelotão do batalhão de choque da PM. Os soldados que estavam estacionados na ponte do Piqueri deveriam chegar a qualquer instante.

Às treze e quarenta e cinco, novo telefonema. Lá de fora, atiravam pedras. Paixão continuava preso no trânsito e precisava poupar a bateria do celular. Pediu a Fernando que o mantivesse informado.

Às catorze e vinte e dois, Fernando ligou desesperado. Mal conseguia falar, soluçava.

Na iminência da invasão, mãe Aninha driblara todo mundo e saíra para tentar parlamentar com os invasores, e Luísa fora atrás. Mãe Aninha recebera uma pedrada na cabeça no exato instante em que a tropa de choque entrava na rua. Os soldados, com suas máscaras e escudos, foram recebidos com pedradas e pauladas e revidaram com gás lacrimogêneo e balas de borracha. Mas também houvera tiros com balas de verdade, e Luísa fora atingida.

Levaram Luísa para dentro do terreiro desacordada e sangrando muito. Mãe Aninha também fora socorrida e estava bem, mas Luísa lutava com a morte. Graças ao desembargador, um helicóptero do palácio dos Bandeirantes estava a caminho para transportar Luísa até o hospital.

Aquele dia ficaria conhecido como o Sábado do Capeta.

29

No domingo, o Sacrificador descansou. Ele e seus imitadores; não houve mortes. A cidade, contudo, não respeitou o preceito de suspender o trabalho em honra ao Criador, que descansou no domingo, e aproveitou a calmaria natural do dia do Senhor para começar a consertar os estragos que podiam ser consertados.

Os filhos de mãe Aninha enterraram seus dois irmãos à tarde e celebraram o rito funerário à noite, no terreiro. Durante todo o dia, rezaram por Luísa. Ela fora operada na tarde do sábado, assim que dera entrada no Hospital Universitário, e estava internada na unidade de terapia intensiva.

As visitas podiam ser feitas em três horários diferentes, uma hora cada, dois únicos visitantes em cada horário. Rita adiou sua volta a Natal para ficar com a irmã, se plantou no saguão do hospital e lá ficou. Paixão, os três irmãos e a cunhada de Luísa se revezariam em duplas para entrar na UTI, mas Luísa, em coma, não podia ver nem ouvir ninguém.

Fernando falava com os colegas médicos do hospital e mantinha a família informada. Os médicos não escondiam dele que a situação era muito grave, mas aos outros Fernando fazia relatos mais esperançosos.

A bala passara rente ao pulmão esquerdo e se alojara perto da coluna. Numa cirurgia de seis horas, os médicos estancaram a hemorragia e retiraram o projétil, devidamente encaminhado à perícia policial. Luísa perdera muito sangue e recebera várias transfusões. Seu sangue era do tipo O negativo, e os irmãos-de-santo mobilizaram-se rapidamente atrás de doadores para a reposição pedida pelo banco de sangue. Denílson de Oxumarê atravessou a cidade acompanhando ao HU o marido de sua metade mulher, o caminhoneiro de sangue raro. Dois irmãos dele eram do mesmo tipo sangüíneo e também foram doadores. Paixão se sentia desconfortável pela imagem que nutria desse irmão-de-santo de Luísa; mal o cumprimentava quando cruzava com ele no terreiro, simplesmente não sabia o que dizer a ele. Via agora como era deficiente sua capacidade de se relacionar com pessoas que acabavam demonstrando uma grandeza de que ele nem suspeitava.

Paixão entrou na UTI com Fernando. Luísa permanecia inconsciente na cama, ligada à vida por tubos. Os dois ali, sem saber o que fazer; Fernando sentado na cadeira ao lado da cama, Paixão de pé atrás da cadeira. A enfermeira veio avisar que a visita estava no fim. Guardada pelos monitores eletrônicos, Luísa ficaria lá sozinha em sua palidez e imobilidade, com a respiração pela máquina alimentando um fiapo de esperança. "Meu pai Oxalá, livrai-nos da morte", rezou Fernando.

Fernando havia falado com o pai por telefone e procurara tranqüilizá-lo. Luísa estava se recuperando e logo estaria de volta às suas atividades. Ele não tinha nada que vir correndo dos Estados Unidos. Só deixaria Luísa chateada. Fernando o manteria diariamente informado, "fique aí e confie em mim, papai". Era mais um peso para carregar, não gostava de mentir para o pai.

Antes do início dos ritos fúnebres, Paixão apareceu no terreiro querendo falar com Izildinha. Mãe Aninha os deixou a sós em seus aposentos.

— Outro dia você disse que se não fosse Nice o terreiro ficaria uma bagunça, porque aqui tem gente que não liga para uma boa arrumação.

— É chato, mas é verdade.

— Então, eu queria que você me ajudasse a fazer uma lista dos que você acha que são ordeiros e dos que não são.
— E isso é importante, doutor?
— Muito importante.
— Pode contar comigo. Mas tem uns que eu não sei, eles não ajudam em nada, só aparecem na hora da festa.

Numa relação de nomes, Paixão foi anotando as indicações de Izildinha. Por modéstia, como justificou, ela preferiu não se classificar.

Paixão repassou os nomes várias vezes e poucos ficaram de fora. Com a relação pronta, comentou:
— É, tem mais mulher ordeira do que homem.
— Bom, se é para saber quem é homem mesmo, ou mulher, então a conta é outra, viu, doutor?
— Acho que não vamos precisar entrar nesses detalhes.

Paixão não esperou pela cerimônia funerária, tinha que voltar ao hospital.

Durante a visita da noite, Paixão e Fernando esperaram no saguão enquanto Rita e Lavínia permaneciam na UTI. Na condição de médico e irmão, Fernando já estivera na UTI uma hora antes e conversara com seus colegas. Não escondia seu desânimo. Os dois ficaram sentados num banco do saguão, mas a conversa estava difícil, não engrenava. Paixão tentava puxar os mais variados assuntos, mas tinha a impressão de que Fernando não estava interessado em nenhum.

Paixão disse:
— Se eu tivesse me plantado no terreiro de madrugada, antes que a marcha atravancasse a cidade...
— Não foi sua culpa, foi uma tragédia. E se você estivesse lá, quem disse que ia poder fazer alguma coisa? — Paixão sentiu desdém no jeito de Fernando falar.

Curvado no banco do saguão, os cotovelos nos joelhos, Fernando escondeu a cara nas mãos, querendo encerrar a conversa. Preferia ficar quieto. Passaram-se minutos de silêncio que incomodaram Paixão.

— Sabe — insistiu ele —, com Luísa lá dentro fiquei sozinho. Você é a pessoa mais próxima que tenho para conversar. Carmo é como um irmão mas vive num outro mundo, com outras preocupações. Se eu não falar com você, vou falar com quem?

Fernando levantou um pouco a cabeça e respondeu:

— Não sou de falar muito. E falar do quê? Luísa entre a vida e a morte; Mãe enterrando seus filhos; a casa-de-santo, um projeto de vida de muitos, a ponto de ser riscada do mapa; cada um de nós temendo que uma faca esteja apenas esperando o momento certo de cortar nosso pescoço; o cagaço de saber que uma das mãos que a gente beija pode ser a mesma que segura a faca...

— É foda.

— Sem falar que, com toda essa história, perdi três dos meus quatro empregos. Contando, ninguém acreditaria, mas é a pura realidade. Você pode imaginar como me sinto?

— Posso, é claro. Eu também me sinto mal.

— Imagino que sim, porque você chegou no meio disso tudo. Não estou dizendo que é culpado de nada, também é vítima. Mas, de todo modo, faz parte desse sofrimento, foi trazido junto com ele. Como o trovão que vem com a tempestade, que é apenas parte e anúncio dela, e não a causa.

— E querem que eu vá embora, junto com toda essa desgraceira?

Tiago Paixão estava longe de parecer o delegado de polícia que chegou no começo de uma crise de horror posando de senhor da situação. A insegurança de um menino do interior perdido pela primeira vez na cidade grande parecia ter tomado o lugar da autoridade e da firmeza do policial.

Fernando disse:

— Não estou sugerindo isso nem de longe. Dos sentimentos de Luísa, você deve saber melhor que eu. Meus outros

dois irmãos não têm nada contra você, nem Francisco, que no começo teve mais dificuldade em aceitar a novidade.
— E você?
— Eu não quero falar de mim, melhor deixar pra lá.
Rita e Lavínia estavam saindo do elevador. Eles se levantaram e foram na direção delas.
— Tudo igual — disse Rita, desanimada.
— O médico disse para irmos para casa — falou Lavínia — e garantiu que nos telefonam se houver alguma mudança no quadro.
— Eu preferia ficar — insistiu Rita.
— Não ajudaria em nada — disse Fernando, levando a irmã em direção à saída. — Melhor ir para casa, tomar banho, comer direito. Você dorme em sua cama e refaz as energias, porque ainda não sabemos até quando Luísa vai ficar aqui. Amanhã cedo a gente vem de novo, e quem sabe Luísa já está de volta.

Despediram-se no estacionamento. A cabeça de Paixão latejava. Alisou a gravata, pensando em como parecia distante aquele dia em que a ganhara de presente de Luísa. Ficou um tempão sozinho sentado no carro antes de deixar o hospital.

30

Na Homicídios, a semana começou com boatos nada favoráveis a Paixão: sua incapacidade de pôr um fim nos crimes sacrificiais deixava mal toda a Polícia Civil.

Logo no começo do dia, o delegado divisionário da Homicídios chamou Paixão e João do Carmo para uma reunião de avaliação. O doutor Flávio Campello era um tipo grosso e mal-educado, policial à moda antiga. Novo no cargo, gostava de repetir que não tinha amigos nem cupinchas. O delegado anterior, que levara Carmo e Paixão para o DHPP, deixara saudade ao se aposentar. Campello não fez a menor questão de tratar os subordinados com camaradagem ou respeito. Vociferou:

— Ou vocês me trazem esse merda de cortador de pescoço ou eu mando vocês dois pra puta-que-pariu. Vão ter saudade do tempo do 103 DP, quando comiam bosta dos presos que se consideravam os sobrinhos do Suplicy.

João do Carmo se mexeu na cadeira para falar, mas Campello se adiantou:

— Não quero saber de desculpas. Muito menos dessa porra de teoria com que vocês vivem se apunhetando.

Dirigindo-se a Paixão, deu o recado da reunião:

— Acho melhor você tratar de prender esse médico que vocês dois, vocês dois!, enfiaram aqui dentro.

— Checamos e rechecamos os álibis do doutor Fernando Amaro Lupo. Ele está limpo, e é nosso colaborador — respondeu Paixão.

— Ele está limpo? Está limpo de quê? Só porque o puto

não podia estar nos locais na hora do crime? Não podia ter mandado fazer o serviço? Não é ele que sabe os detalhes de como deve ser a morte? Põe tal florzinha aqui, a fitinha lá, põe os colhões na panela, toda essa porra nojenta que me dá vontade de vomitar, puta merda. Olha aqui, Paixão, e você também, Vieira, que fica aí fazendo de conta que não é com você, isso tudo já deu no saco, viu?

Paixão e Carmo esperavam o pior.

— Eu dou quarenta e oito horas para você me trazer o culpado. E sabe o porquê dessa minha generosidade em lhe dar mais do que um dia? Você sabe, sim, Paixão. Por causa de seu pai, que foi o meu primeiro delegado titular. Só por respeito à memória dele, por gratidão.

A cabeça de Paixão estava rodando.

— Me entregue o médico carniceiro e vai ver que na minha mão ele confessa tudo bonitinho antes do meu braço cansar.

Paixão quis falar, Carmo também, ao mesmo tempo.

— Não, não, não. Fiquem quietos os dois, me poupem de suas teorias estúpidas. Delegados metidos com teoria, era só o que me faltava. Se já não bastasse o espertinho do Mércio Pompeu me aporrinhando com as teorias furadas dele. Agora podem sair, vamos, vamos, que eu tenho mais o que fazer. Escrevam no caderno: quarenta e oito horas, não tem prorrogação.

Desceram direto para a rua e se enfiaram no Trópico, numa mesa dos fundos. Pediram Coca-Cola e água tônica.

— Como esse doido quer que eu prenda alguém sem provas, sem flagrante? — disse Paixão. — Não pode!

— Não pode por quê? Você prendeu o Tadeu sem nenhuma prova, sem flagrante. Baseado em suposições! Ele pode fazer o mesmo com Fernando. Depois vai ter que soltar, mas até lá ele vai trucidar o coitado.

— Mas é burrice. Mesmo que mate o Fernando de porrada, ele não vai confessar. Não tem o que confessar. Não sei o que o cretino está tramando.

— Ele também tem a teoria dele, Tiago, e deve estar apostando nela do mesmo modo que nós apostamos na nossa.

— Eu não tinha pensado nisso.

— O filho-da-puta não está blefando. Mais do que isso, ele sabe que esse monte de assassinatos virou moeda forte no jogo dos cargos. Vai jogar com tudo. O fato é que fomos ingênuos, não contávamos com esse golpe no fim da linha.

— A velha história de morrer na praia, nunca pensei que um dia aconteceria comigo. Mas ainda tem um outro aspecto que piora tudo.

— Qual é?

— Até uma hora atrás, todo o meu pensamento estava voltado só para Luísa; para mim o resto até podia se foder. Claro que era um sentimento contraditório. Exatamente por causa dela eu tenho mais tesão para tocar as investigações e botar as mãos no maldito. Mas agora pode ficar tudo mais difícil. Você já imaginou eu entregando o Fernando na mão desse lazarento? Luísa ia me odiar, eu ia me odiar, todo mundo ia. Mas nunca mesmo, de jeito nenhum. Eu posso ser um filho-da-puta de marca maior, mas não sou de entregar alguém só para livrar a minha cara.

— É, meu irmão, o Campello nos pegou de jeito.

— E o calhorda ainda diz que está me favorecendo em respeito à memória de meu pai.

— Não era à-toa a campanha do velho contra a carreira policial para nós dois.

— Por que você pensa que ele acabou se enterrando em Rio Preto, depois de um início de carreira bem-sucedido em São Paulo? Ele foi muito sacaneado aqui e preferiu ficar longe. Agora chegou a minha vez.

— O que vamos fazer?

— Nada, por enquanto não vou mudar o rumo da investigação por causa de nenhum tipo de ameaça, por mais escrota que seja.

— E o Fernando?

— Vou encontrar um jeito de livrar a cara dele, nem que me custe a carreira. Temos dois dias, não temos? — Paixão acenou para Ernesto e pediu outra tônica para tomar um paracetamol.

De volta à sua sala na delegacia, Paixão passou em revista tudo o que fora levantado sobre as mortes de Helena, Lia e Caio. Revisou relatórios, examinou laudos, esquadrinhou o perfil de cada um dos membros do terreiro, olhou seu esquema da rede de comunicação entre os terreiros, releu suas anotações e reviu os esquemas da investigação.

Não tinha dúvida de que os três assassinados se conheciam bem. Diferentes pessoas haviam afirmado tê-los visto, os três juntos ou em duplas, conversando aqui e ali, fazendo uma refeição, às vezes deixando o shopping no mesmo carro. Nenhum informante os conhecera o suficiente para dizer o que os unia. Paixão queria muito saber o que o Empresário diria sobre eles. Daddy Gabriel, entretanto, sumira sem deixar rastro. E se também estivesse morto? Quem sabe com o pescoço cortado, em outra cópia do rito de dar de comer aos orixás? Degolado em algum lugar nunca descoberto... Não era raro a polícia chegar à cena do crime quando o que restava do cadáver era quase nada. Numa cidade desgraçada como a nossa, num país bichado como o nosso, era bem possível, pensou.

Nunca imaginara o Empresário como o matador. Seu mundo não era o dos sacrifícios votivos destinados a aplacar a fome dos deuses. Para ele, a carne tinha outros significados e outros destinos: a carne humana vendida com o sangue circulando dentro das veias, e não derramado por brechas abertas no pescoço. Queria o sangue contido para sustentar a vara intumescida dos meninos prostituídos para o gozo dos clientes pagantes, não o sangue derramado para selar pactos de lealdade entre homens e deuses. Queria os caralhos tesos, brandidos como ferramentas do deleite, jamais arrancados de sua raiz e descartados em vasos de ofertório. Daddy Gabriel podia entrar na história como vítima, não como assassino.

Mas, se não estava morto, onde estava?

Paixão dispunha de algum tempo antes do próximo horário de visitas na UTI, que seria o seu. Pegou o carro e foi para o shopping Bixiga. Podia comer por lá, conversar e fazer perguntas.

Comeu um Big-Mac, tomou uma Coca-Cola light. Depois ficou andando para cima e para baixo sem rumo preciso. Foi quando deu de cara com Fernando.

Abraçaram-se com certa distância. Paixão disse:

— Que bom encontrar você. Achei que ontem no hospital você não estava bem. Melhorou?

— E tem alguma razão para isso?

Fernando continuava mal. Não iria piorar as coisas, lhe contando a intenção infame do delegado divisionário de metê-lo na cadeia e fazê-lo confessar na marra por conta de alguma idéia maluca. Não por enquanto, não enquanto não tivesse um esquema para protegê-lo. Ainda tinha umas quarenta horas.

— Não sabia que você costumava circular aqui neste shopping — disse Paixão, com um sorriso provocativo. — Falamos tanto deste lugar e você nunca me disse que vinha aqui.

Fernando não gostou do comentário e até ficou sem jeito. Respondeu, um tanto agressivo:

— E você está fazendo o quê? Me seguindo, a trabalho?

Tinham chegado à praça de alimentação e se sentaram a uma mesa.

— Estou aqui atrás do Empresário. Não desisti de saber o que ele pode contar sobre os três mortos — disse Paixão.

— Você não descobriu mais nada?

Por mais que não quisesse brigar com Fernando, que naquela altura era justamente a pessoa a quem estava disposto a defender a qualquer preço, Paixão tinha pavio curto. Achava que Fernando sentia prazer em lhe dar umas cutucadas.

— Por quê? Tem alguma coisa que você não quer que eu saiba?

— Não, mas gostaria de saber se continuo sendo seu suspeito número um.

— Isso é besteira. Digo mais: não há necessidade de você se fechar desse jeito. Devia se abrir.

— Quem tem que se abrir com você é minha irmã, não eu.

— Vamos deixar a Luísa fora disso.

A lembrança de Luísa, que continuava em coma na UTI, os fez cair em si. Fernando mudou de assunto:

— Estou dando um tempo para ir ao hospital.

— Também vou para lá. Você está de carro?

— Não.

— Então venha comigo.

Caminharam em direção aos elevadores.

31

Na noite da terça-feira, novos acontecimentos se precipitaram. Era o quadragésimo dia a contar da primeira matança, e Paixão foi para casa depois de passar no hospital. Carmo apareceu no apartamento de Paixão sem avisar. Paixão tinha acabado de sair do chuveiro quando o interfone tocou. Carmo trazia novidades, graves demais para comunicar por telefone.

Paixão abriu a porta ainda enrolado na toalha.

— O que houve?

Carmo ficou sério, coçou a nuca para ganhar tempo e depois desembuchou:

— O secretário de Segurança exigiu sua cabeça, meu irmão. É foda. O inquérito dos sacrifícios está fora do nosso controle.

— Mas o filho-da-puta me deu quarenta e oito horas!

— A rasteira também derrubou o Campello.

— Quem ficou com os casos?

— O Ferrante.

— O próprio diretor do DHPP! Mas que filho-da-puta, chupador de pau!

Paixão chutou o ar, jogou a toalha no chão e foi para o quarto, de onde voltou de calça e camisa, se abotoando. Carmo, que tinha se sentado no sofá, falou:

— É, meu irmão, parece que a sua futura carreira política está indo por água abaixo.

— Nesta altura, parece que até a de delegado vai pras cucuias.

— E a vidinha pessoal vai balançar também, Tiago. Lamento dizer.

— Por quê? — A pergunta era de temor. Estavam sentados um de frente para o outro enquanto Paixão calçava as meias.

— Parece que o Ferrante andou ouvindo o corno do Campello.

— Você está querendo me dizer que ele vai prender o Fernando?

— Ouvi insinuações de que você poderia estar acobertando seu cunhado.

— Caralho, desgraçados. — Deu um murro na mesa de centro.

— Não vai adiantar nada ficar aqui xingando e quebrando a mobília. Temos que agir.

— Agir como? Não temos a quem recorrer. — Sem sapatos, Paixão andava de um lado para o outro.

— Temos sim. Quem sabe um dia ainda vou votar em você para governador. E pare de andar pela sala feito besta e sente para a gente conversar direito.

Paixão se sentou.

— Você está pensando no quê?

— Tiago, vamos à Freguesia do Ó falar com a mãe-de-santo, dona Aninha.

— Apelar aos orixás? Desde quando você acredita em orixá?

— Eu não acredito e não estou me referindo a orixá nenhum. Vamos pedir ajuda à própria mãe-de-santo, à mulher. Ela tem condições de nos ajudar: pode falar com o tal do desembargador. Não custa tentar.

Enquanto Paixão pensava na sugestão, o interfone tocou e Carmo foi à cozinha atender.

— É o Fernando — disse, voltando à sala. Em seguida, foi abrir a porta enquanto Paixão procurava os sapatos.

Logo chegou o elevador e Fernando entrou, com a alegria estampada no rosto.

— Tudo bem com vocês? Tiago, desculpe vir sem avisar. É que eu estava aqui perto, no Conjunto Nacional, vim comprar um livro, quando recebi a notícia e achei que era melhor lhe dizer pessoalmente: Luísa saiu do coma.
— Que notícia maravilhosa! Vem me dar um abraço. Estou até com vontade de te dar uns beijos.
— Se quiserem ficar a sós, eu posso ir ver televisão no quarto — brincou João do Carmo.
— Ah, vá à merda, ciumento. Eu dou uns beijos em você também.
Depois de alguns minutos de festa, Fernando disse:
— Podíamos sair e comer alguma coisa para comemorar. Estou com fome, e vocês?
Paixão ficou sério e disse:
— Fernando, você não vai sair daqui.
— O quê?
— Alguém viu você entrar no prédio?
— Não, Carmo me abriu a porta da rua pelo interfone, não foi?
— Cadê seu carro?
— Deixei em casa, vim para a Paulista de metrô.
— Ótimo.
Paixão contou o que estava acontecendo: Fernando corria o risco de ser preso a qualquer momento e eles não teriam como protegê-lo. Ele ia ficar no apartamento de Paixão por um ou dois dias, ou até surgir uma alternativa.
— Mas tenho que ir ver Luísa — Fernando parecia não se dar conta da gravidade da situação.
— Melhor não. Conto por alto para Rita o que está acontecendo e dizemos a Luísa que você arrumou um plantão bem longe daqui. Ela vai entender.
— A coisa é séria assim?
— Muito séria, nem nós sabemos o quanto. Você vai ficar aqui até quando for necessário.
— Mas eu ainda tenho um emprego!

— Esperemos que não seja por muito tempo. Se você tiver que perder seu último emprego, azar. Depois você vai ter que procurar outros mesmo.

— Melhor perder o emprego que perder a pele — acrescentou Carmo.

— Vocês estão me assustando.

— É para ficar assustado mesmo. Você fica aqui, e nós vamos sair. Tem alguma coisa na geladeira, trate de comer. Não atenda o telefone nem o interfone e não abra a porta para ninguém. Tome um banho para relaxar, pegue roupa minha lá no quarto. Leia um livro, veja um DVD. Deixe o celular desligado e não ligue para ninguém, nem do meu telefone fixo.

— Nossa!

— Carmo e eu vamos falar com mãe Aninha. Depois te conto tudo.

— Com mãe Aninha? E meus irmãos? Rita vai ficar preocupada, se eu não voltar para casa.

— Eu falo com ela. Pelo menos a notícia da melhora de Luísa veio na hora certa, para nos dar força.

A caminho da Freguesia, aproveitaram para esclarecer certos aspectos da investigação. Carmo perguntou:

— Você está seguro quanto à inocência do Fernando?

— Não tenho razões para suspeitar dele.

— Melhor assim. Mas se Fernando fosse o homicida, esta não seria a única vez que você esconde o criminoso em casa. Naquele caso da noiva envenenada você disse, depois, que escondera o assassino em casa para ele não fugir.

— E ele de fato não fugiu.

— Essa mania de brincar com fogo...

O celular de Paixão interrompeu a conversa. Paixão trocou algumas palavras ao telefone, desligou e disse:

— Era mãe Aninha perguntando se eu podia ir lá agora mesmo.

— Viva a sincronicidade!

No terreiro, Paixão apresentou Carmo à mãe-de-santo, que se mostrou feliz com a presença dos dois. Festejaram com muitos abraços a recuperação de Luísa. Ela tinha sido a primeira a ser avisada, contou com orgulho, mas Paixão não precisava ficar enciumado.

— Pois eu fui avisado pessoalmente em minha casa por um mensageiro especial — gabou-se ele.

— Foi mesmo? Que homem poderoso!

— Homem poderoso, quisera eu, mãe Aninha. Pois o pouco poder que eu tinha acabaram de me tirar.

Contaram em seguida que o diretor do departamento assumira as investigações dos crimes de que Paixão estava tratando, mas não tocaram no nome de Fernando.

— Mãe Aninha, sem querer ser pretensioso, acho que eu tenho melhores condições de desvendar essas mortes. Eu queria saber se a senhora confia no meu trabalho...

A mãe-de-santo respondeu sem vacilar:

— Claro que confio. Porém, mais importante do que aquilo que eu penso ou deixo de pensar é a sentença de Xangô, que é o dono desta casa. Saiba que Xangô tem confiança total no seu trabalho. Tenho certeza de que é o gosto dele que o caso continue em suas mãos.

— É mesmo? E como a senhora sabe?

— Uma coisa inacreditável aconteceu. Vamos nos sentar e eu conto tudo.

Sentaram-se e ela contou:

— Meu filho Tadeu de Xangô, acho que se lembram dele...

— Nem me diga — disse Paixão, incomodado com a lembrança.

— Não faz nem duas horas, Tadeu chegou aqui trazido por Xangô. Nem ele sabe por que veio nem como veio. Só se

lembra que estava na rua, voltando para casa, quando uma força que ele não podia controlar empurrou ele para cá. Veio a pé, descalço, da avenida Angélica até aqui. Deve ter corrido, pois chegou suado e quase sem fôlego, os pés em frangalhos...
— Pudera!
— No portão do terreiro, Xangô se manifestou em sua plenitude, tomando conta do corpo de Tadeu, o que não acontecia desde que ele era menino, e soltou seu brado grave e profundo com tamanha potência que até assustou os dois soldados da PM que ficam lá fora tomando conta da gente.

A mãe-de-santo se benzeu, tocando o chão e a testa, e prosseguiu:

— Eu estava lá dentro, mas reconheci o grito de Xangô e fui correndo para o portão. Quis deitar-me aos pés dele, mas ele não deixou. Me puxou pela mão até o quarto dos orixás caçadores. Lá dentro, apontou para o assentamento de Oxóssi e pôs a mão esquerda sobre o coração, que é um gesto de amor e confiança. Com a outra mão mostrou a altura de uma criança, indicando que se referia a alguém novo na casa. Sabe, doutor Carmo, entendi que ele estava dizendo que confiava no doutor Paixão, e então perguntei se era isso mesmo. Ele fez que sim com a cabeça. Daí me levou até o quarto dele e apontou para o assentamento que pertence a um ogã da casa, o doutor Maurício Pierro.

— O desembargador — disse Paixão a Carmo.

Carmo fez que sim com a cabeça. A mãe-de-santo continuou:

— Então Xangô disse: "*Lati pe niisini agbá ogã omó mi ati omó Odé fun ilê*", que era para eu chamar imediatamente para cá o doutor Maurício e o doutor Paixão. Eu disse que ia chamar, e ele falou: "*Mo fé won bá sorô ibi*". Queria os dois conversando aqui no terreiro. Aí me abraçou apertado e depois esfregou as palmas das mãos uma na outra, mostrando que queria ir embora. Eu sentei Xangô numa cadeira, cobri sua cabeça com um pano branco e fiz a saudação de despedida. Xangô deu seu grito e foi embora, deixando Tadeu completamente exausto na cadeira. Deitei Tadeu na esteira, dei uma caneca de água para ele beber e fui correndo telefonar para o ogã Maurício. Era a vontade de Xangô.

— E ele? — quis saber Paixão, impaciente.

— Me ouviu e disse que estava vindo. Aí telefonei para você.

— O doutor Maurício vai chegar logo?

— Já chegou, faz uns dez, quinze minutos; mora aqui perto. Está no barracão, esperando.

Mãe Aninha levou os delegados para o salão de danças. O desembargador estava sentado num banquinho e, com um garfo, desfiava pacientemente uma folha de palmeira. Depois das apresentações, ele disse, mostrando uma pilha de folhas ainda por desfiar:

— Um presentinho para Ogum. Para serenar os ânimos. Eu nunca venho nos toques, mas gosto de fazer a minha parte na arrumação da casa.

Quis saber o que estava acontecendo, e os outros disseram que a investigação dos crimes não estava mais a cargo de Paixão, deixando de lado as ameaças a Fernando e o fato de havê-lo escondido. Paixão insistiu que precisava retomar os casos. Será que ele confiaria em Paixão a ponto de ajudá-lo?

— Se Xangô, que é Xangô, confia no senhor, doutor Paixão, quem sou eu para dizer o contrário? Além do mais, é melhor deixar tudo em família. Não posso garantir nada, mas vou me empenhar. Quem sabe conseguimos recuperar algum controle sobre a situação, não é? Devo isso a Xangô e devo a Mãe; eles me deram a minha vida de volta.

A uma ordem da Mãe, Júlia serviu suco, café e tapioca. Conversaram mais um pouco e se despediram. Os delegados estavam com pressa.

Mãe Aninha acompanhou os dois ao portão e disse:

— Esta vai ser uma noite de alegria por causa de Luísa, e de preocupação por causa de Fernando.
— O que é que tem Fernando, mãe Aninha? — perguntou Paixão.
— Nós sabemos, não é? — ela quase sorriu, mas estava triste.
— A senhora é fogo!
— Ar, meu filho, eu sou ar: sou de Oxalá — disse ela, abraçando Paixão. — Quanto ao resto, vamos confiar na justiça de Xangô. Ah, e por falar nisso, amanhã é quarta-feira, dia de amalá. Seria bom se pudesse vir e trazer o doutor João do Carmo. Para nós seria uma alegria.
— Vamos tentar vir, mãe Aninha — disse Paixão, se despedindo. — Mojubá.
— Axé, mojubá.
— Boa noite, dona Aninha. Muito obrigado.
— Boa noite, doutor Carmo. Vão na paz de Oxalá.

Em casa, Paixão encontrou Fernando sentado no sofá, lendo um livro, e contou o que acontecera no terreiro.
— Como foi a reação do Carmo? — quis saber. — Com essa história de Xangô se manifestando no transe de Tadeu e mandando chamar você e o desembargador...
— Eu não sei, não comentamos nada, mas acho que ele pensa que eu e mãe Aninha combinamos tudo só para impressioná-lo.
— E não combinaram? — riu Fernando.
— Vejo que a melhora de Luísa levantou seu moral, ainda bem.
— Agora você vai ligar para Rita e dizer que estou aqui.
— Não preciso telefonar — disse Paixão, jogando os sapatos longe e deixando-se cair no sofá. — Passei na sua casa para não ter que falar de você pelo telefone. Seguro morreu de velho. Vou lhe contar o que Rita me disse da visita a Luísa.

* * *

Na quarta-feira, nem Fernando nem Paixão puderam ir ao terreiro para o amalá de Xangô. Fernando continuava no apartamento de Paixão; Paixão organizava o material dos crimes para passar tudo ao diretor do departamento. Entre os colaboradores de Paixão, o clima era de consternação e revolta. Quando ele deu a notícia a dona Arcanja, ela chorou.

32

Paixão acordou com o interfone tocando. Olhou no relógio: dez e catorze. Cacete, fazia tempo que não dormia assim até tarde. Da cozinha vinha cheiro de café. Mirtes? Não, lembrou que Fernando estava em casa. Ouviu a voz dele falando ao interfone, pulou da cama e enfiou as calças. Passou uma água no rosto e foi para a sala no momento em que Fernando abria a porta para Carmo. Carmo viu Paixão e exclamou, fazendo sinal de positivo com o polegar:

— Mãe-de-santo do caralho, a mulher é poderosa.

— Quê?

— É tudo teu de novo, seu punheteiro, pode deitar e rolar.

E, virando-se para Fernando:

— Pode vestir sua roupinha e dar no pé. A menos que esta noite vocês tenham decidido viver juntos aqui para sempre.

— Quer fazer o favor de dizer o que está acontecendo, sem sacanear? — Paixão falou.

— Não entenderam? Vou tentar ser mais didático: nós dois pedimos para mãe Aninha, mãe Aninha pediu para o desembargador, o desembargador pediu para o governador, o governador ordenou ao secretário de Segurança, que por sua vez mandou uma ordem ao DHPP, e o delegado Tiago Augusto Paixão é de novo o encarregado dos crimes do Sacrificador. Pegaram?

Os outros dois pularam de alegria.

— Como vocês podem ver, não é só notícia ruim que eu gosto de trazer pessoalmente.

— Valeu, cara. Sua idéia foi brilhante.

— Mas a mãe-de-santo é de vocês. Apenas juntamos o meu tirocínio com a força dela, e não podia ter dado mais certo. Um caso de simbiose perfeita.

— Vou relevar o "tirocínio". Venha tomar café com a gente e depois vamos para a Brigadeiro. Minha equipe já sabe?

— Está te esperando com uma garrafa de sidra! Para um brinde no fim do expediente.

— Sidra? Mas que baixaria! E você, Fernando, vai para o HU?

— Agora não, não dá mais para pegar o primeiro horário.

— Tem plantão hoje?

— Hoje não.

— Então vamos para a Homicídios. Vamos pegar a porra dessa investigação na chincha. Depois vamos juntos ao HU.

— Falou o homem que eu conheço — disse Carmo.

Durante a visita de Fernando e Paixão, a enfermeira-chefe perguntou se um dos dois poderia ficar no hospital. Luísa tivera alta da UTI e estava sendo transferida para um apartamento, precisava de acompanhante no quarto vinte e quatro horas por dia. Inicialmente Fernando ficaria com ela, depois seria substituído por Rita. Montaram um esquema de revezamento, que também incluía Lavínia. Luísa não ficaria mais sozinha e eles poderiam visitá-la o tempo todo.

Mais tarde, Luísa já transferida para o quarto, Fernando e Paixão comemoraram com ela sua melhora, como era bom ela estar desperta e se recuperando rapidamente.

— Só falta pôr as mãos no Sacrificador para o mundo voltar a ser odara — falou Fernando.

— Pode deixar comigo. Vai ser o meu presente para Luísa.

— Vocês não sabem como é bom ter vocês por perto — disse Luísa. — Estou com tanta saudade de Mãe e dos irmãos e dos meus colegas. Parece que faz um ano que estou aqui. Agora quero aproveitar mais ainda cada minuto com vocês.

— Vai acabar se cansando de nós — disse Paixão.
— Mas até lá quero tirar o máximo proveito.

Logo depois, chegou mãe Aninha. Ela foi ao HU acompanhada de Tadeu e Nice. Depois chegaram outros, fazendo fila para entrar. A fila se repetiu na sexta-feira e no sábado. Luísa já andava pelo quarto, recuperando-se mais rápido que o previsto, e não via a hora de ir para casa.

No sábado não houve missa na catedral da Sé. Outro crime do Sacrificador, falso mas igualmente chocante. Chacoalhou mais uma vez a cidade, que parecia estar se acostumando aos assassinatos.

O arcebispo metropolitano, nomeado havia tão pouco tempo que o papa nem tivera oportunidade de elevá-lo ao cardinalato, fora a nova vítima. O corpo foi encontrado com o pescoço cortado, nu e apropriadamente enfeitado nas escadas do altar-mor da catedral. Quatro jovens, logo identificados como seminaristas, foram igualmente abatidos com um talho no pescoço e seus corpos jaziam, cada um sob um dos membros do arcebispo, vestidos com suas batinas pretas. A boca do chefe arquidiocesano estava entupida de hóstias e um cilício lhe cingia a cintura. Seus órgãos sexuais haviam sido decepados e postos numa bacia de prata sobre a pedra do altar. Estavam mergulhados em vinho tinto.

Fernando, convocado por Paixão à cena do crime, comentou:

— Os quatro rapazes de batina devem representar franguinhos pretos. Quando se sacrifica um quadrúpede, é costume matar também quatro aves. As aves devem ser do mesmo sexo do bicho de quatro pés.

— Qual foi o orixá envolvido nesta encenação? — perguntou Paixão.

— Poderia ser Exu, se fosse um sacrifício real. Animais de cor preta são os de sua preferência — disse Fernando. — Oferenda de um bode e quatro galos pretos. Esse ebó falsificado foi realmente no capricho!

Enquanto conversava com Fernando na nave da catedral, Paixão foi alertado da presença de mais um corpo, agora no batistério, na entrada do templo. Era uma mulher de uns cinqüenta anos, com hábito de freira. Ao que tudo indica, cortara os próprios pulsos dentro da pia batismal. Logo se descobriu que era a religiosa encarregada, nos últimos anos, dos cuidados pessoais do bispo. No quarto da freira a polícia encontrou uma carta escrita e jamais enviada a sua madre superiora, em que ela dizia que seu pecado maior era o ciúme. E que o anjo do Senhor viria castigar com a espada flamejante a ela, ao seu sedutor e aos que com ele mergulhavam na vala imunda da danação.

Onde ou com quem a freira sacrificadora aprendera a arrumar a cena, com os pormenores inéditos de acompanhar a oferenda de um quadrúpede com a de quatro aves? Talvez esse preciosismo ritual não passasse de coincidência. Descobriu-se, contudo, que ela tinha interesse pelas chamadas doutrinas da inculturação, que levavam padres e religiosos a se aproximarem dos ritos afro-brasileiros, entre outros, para adaptá-los às suas celebrações e tentar atrair católicos afastados da igreja.

— Convenhamos que inculturar esse ritual foi um tanto exagerado — disse Paixão, pondo um fim naquele caso no exato momento em que os sinos davam meio-dia. Apesar dos aspectos grotescos e hediondos do crime da catedral, sabia que ele seria banalizado e esquecido, como tantos outros. A cidade trivializava a violência que não conseguia evitar.

O domingo foi de Luísa. Todos foram ao HU. O pessoal do terreiro sabia que Paixão recebera um fio de contas e, apesar de o chamarem de doutor, já o consideravam um irmão. Ao perceber que podia tirar proveito da intimidade recentemente conquistada, Paixão pôs de lado o constrangimento que o parentesco lhe causava. Passou o domingo no saguão do hospital conversando com os filhos-de-santo que aguardavam para ver Luísa. Passou em revista o que pôde, registrou emoções e surpreendeu-se com o extravasamento de sentimentos e mágoas, que surgiam mais robustos quando se baixava a guarda. Aprendeu mais do que havia descoberto pelos trâmites regulares de uma investigação policial.

Nice estava mais conformada e passou quase todo o dia sentada à cabeceira da cama de Luísa. Recebia os irmãos que iam visitar Luísa, conversava um pouco com cada um e fazia questão de servir a comida à paciente. Mãe Aninha, animada com a visível melhora das duas filhas, brincou:

— Assim vou ficar com ciúme da minha menina.

Não faltaram as situações engraçadas. Denílson levou seus cinco filhos para visitar Luísa. Como crianças não podem entrar no quarto, eles brincaram com estardalhaço pelo saguão. Causou certa estranheza às visitas de outros pacientes, que aguardavam por ali a vez de entrar, o fato de os meninos chamarem Denílson de papai e as meninas o chamarem de mamãe.

Na segunda-feira, Luísa foi para casa.

Rita disse a Paixão que ia remarcar a passagem para Natal.

— Fique mais uns dias. Assim você volta com tudo resolvido por aqui — ele disse.

— Você já sabe quem é o Sacrificador?

— Acho que sei, mas ainda me faltam uns poucos elementos para fazer a acusação.

— Quantos dias?

— Três, quatro. Se não conseguir o que ainda preciso des-

cobrir, vou ter que apresentar minhas conclusões assim mesmo. Não posso esperar mais. Ninguém pode.
— Vou ficar — disse Rita.

33

Mãe Aninha foi visitar Luísa na noite daquela segunda-feira. Fernando, Rita e Paixão estavam com Luísa. Depois de algum tempo de conversa animada, Fernando perguntou, apontando para uma trouxinha de pano que a mãe pusera sobre a mesa:
— O que é que Mãe traz aí embrulhadinho, algum ebó?
Mãe Aninha desatou os nós do guardanapo que envolvia o prato e disse:
— São acaçás para Luísa. Ela adora, não é, filhinha? Mandados por Nice, feitos com leite de coco natural, ralado e espremido a mão, como só ela sabe fazer.
— Ai que delícia, Mãe — Luísa já foi desembrulhando um deles. — Nice não se esqueceu, ela é mesmo um doce de pessoa.
— Como ela consegue fazer estas piramidezinhas tão perfeitas envoltas em folha de bananeira? — perguntou Paixão.
— Anos de prática e capricho, meu filho. Que é o segredo de todo o candomblé. Os acaçás mais perfeitinhos, Nice arriou aos pés de Oxalá, sem deixar de oferecer o primeiro deles a Exu.
— Mas ela fez os bolinhos para a senhora trazer para Luísa e deu os melhores para os orixás? — Paixão se admirou.
A mãe assentiu:
— Nice é muito zelosa dos preceitos religiosos, uma filha-de-santo exemplar. Rezo para que os orixás lhe devolvam a alegria.

— Mãe — perguntou Luísa —, por que Nice não veio com a senhora? Ela me disse que viria.

— O proprietário do apartamento que ela está alugando marcou para ela ir falar com ele esta noite. É um negócio bom, ela não podia perder. Por isso mandou os acaçás, para se desculpar.

— Está mais do que desculpada — disse Luísa, desembrulhando mais um bolinho.

Quando se deram conta, haviam comido todos os acaçás e estavam lambendo os dedos. Rita foi à cozinha pegar guardanapos e aproveitou para trazer uma jarra de suco de cupuaçu.

Conversaram de tudo um pouco.

Na hora das despedidas, mãe Aninha disse discretamente a Paixão que tinha algo para lhe mostrar. Era particular.

— Então eu levo a senhora em casa e a senhora me mostra.

A caminho da Freguesia do Ó, mãe Aninha contou que naquela manhã encontrara um bilhete anônimo debaixo da peneira dos búzios.

— Sabe, faz quase um mês que eu não jogo para clientes e quase nem entro naquela salinha. Mas hoje fui fazer uma limpeza e achei o bilhete. Ali debaixo do jogo eu costumo guardar um dinheirinho e cartões de visita que me dão, algum lembrete ou lista de obrigação. Se uma filha me pede um dinheiro para uma pequena despesa, eu mando pegar debaixo da peneira, quando tem algum, né? Hoje eu fui tirar o pó e dei com este bilhete.

Como Paixão dirigia, mãe Aninha leu o que estava escrito em meia página de caderno dobrada em quatro. Com o rabo do olho, Paixão viu que a mensagem estava escrita a lápis, numa caligrafia ruim. A mensagem dizia:

mãi me diga si agora oxum fala no celular bença

— A senhora tem alguma idéia do que isto quer dizer? O bilhete não está assinado.

— Nenhuma, mas achei que devia lhe mostrar. Ando com medo de tudo o que é esquisito.

— E é bem esquisito mesmo. Parece alguém da casa querendo tirar uma dúvida, sobre se Oxum usaria telefone celular. Uma filha ou filho-de-santo, que faz a pergunta e pede a sua bênção.

— Foi o que eu entendi, mas é maluquice.

— A senhora não reconhece a letra?

— Não, meu filho, não reconheço, não.

— Vamos imaginar, mãe Aninha, que de fato Oxum tenha passado a se comunicar por meio do telefone. Uma vez eu soube de um terreiro em que um espírito caboclo dava consulta por telefone.

— Meu pai Oxalá, cada coisa que a gente vê neste mundo!

— Há pessoas que acreditam em coisas que outros acham muito estranhas. E se essa pessoa escreveu o bilhete, é porque tem dúvida se isso seria possível. Agora, uma diferença entre o telefone comum e o celular é que o celular é individual, feito para só uma pessoa usar. Então, se Oxum falasse mesmo ao celular, ela teria que ter um.

— Isso é verdade.

— Então, onde estaria o celular da Oxum?

— Com as coisas dela, no assentamento, no quarto-de-santo. Eu acho que seria o mais lógico.

— Então, mãe Aninha, só temos uma coisa a fazer: a senhora olha nas coisas da Oxum e nós tiramos essa dúvida.

A mãe-de-santo não escondia seu assombro, mas balançou a cabeça, concordando.

Paixão tocou direto para o terreiro e, depois de descansarem um pouco, como manda o preceito de quem vem da rua, a ialorixá pegou a chave do quarto de Oxum e foram procurar o telefone.

— Entre, meu filho, você é da casa.

Ele tirou os sapatos e entrou.

Havia uns vinte assentamentos de Oxum, pois cada filho consagrado a esse orixá tinha o seu. Mãe Aninha explicou que cada assentamento é formado por uma vasilha, que tanto pode ser uma sopeira como uma terrina, uma tigela ou uma cabaça. Dentro ficam guardadas as peças sagradas que representam o orixá.

Mãe Aninha acendeu velas para que pudessem ver melhor e rezou pedindo agô. Depois foi abrindo os assentamentos um por um e examinando o que havia dentro. Em cada um, as pedras sagradas do orixá, acompanhadas de búzios, moedas, pulseiras de cobre e, em alguns casos, jóias de ouro, além de pequenos espelhos e pentes, frascos de perfume e tudo de que Oxum gostava e com que era presenteada pelos filhos.

— Esta é a Oxum de... — estava dizendo mãe Aninha, levantando a tampa da terrina, mas a frase foi interrompida pela surpresa causada pelo conteúdo.

— O que é, mãe Aninha?

— Olhe aqui, meu filho.

Paixão se aproximou, inclinando-se sobre o assentamento para ver melhor.

— Mas não é um celular, mãe Aninha, são três!

Ficaram ali, incrédulos, olhando para a coleção de aparelhos dentro do pote do orixá.

— Vamos conversar lá no meu quarto, meu filho? — disse a mãe-de-santo, levantando-se e entregando os três celulares ao delegado.

— Vamos, sim, mãe Aninha, mas devo lhe dizer que preciso levar os telefones para a delegacia.

Antes de falar qualquer coisa, a mãe-de-santo partiu uma noz-de-cola, rezou e atirou as metades no chão. Então disse:

— Pode levar, sim. Oxum não quer os celulares, não lhe têm serventia.

— Vou pedir para a senhora manter o quarto fechado a chave por uns dias, para ninguém descobrir que os celulares não estão mais aqui.

Os dois saudaram Oxum e saíram.

Foram para os aposentos da mãe-de-santo e conversaram por mais de uma hora. Ninguém deveria saber do que haviam encontrado e do que falaram, nem mesmo Luísa e Fernando, pediu Paixão.

— Fica entre nós, mais os orixás — anuiu mãe Aninha.

Paixão deixou o terreiro levando os três celulares.

34

Na quarta-feira, Paixão tomava o café-da-manhã no Trópico quando viu dona Arcanja dirigir-se a sua mesa. Vinha esbaforida, pesada, com seus setenta e tantos quilos mal distribuídos em seu metro e meio. O cabelo curto e ondulado pelo permanente deixava à mostra a raiz branca. O sorriso, contudo, era de triunfo.

— Bom dia, doutor Paixão, desculpe interromper seu café.

— Oi, dona Anjinha, bom dia, não vi a senhora na banca.

— Fui no 527 procurar o senhor.

— Alguma novidade?

— Esta revista dos veados que chegou hoje fala do Empresário. Olhe aqui, na coluna dessa tal Bella Gente.

Pôs a *GLS Revue* aberta sobre a mesa e apontou um texto contornado a lápis.

— Maravilha! A senhora não se esqueceu de procurar notícia dele.

Ela mesma leu a nota:

Daddy Gabriel, nosso querido Empresário das Estrelas, chegou ontem do Líbano, aonde foi buscar a herança da vovó. Nem acabou de chegar e já está com a cabeça cheia de planos. Contou a esta colunista, em primeiríssima mão, que lá mesmo no Oriente Médio imaginou um show maravilhoso, com odaliscas-transformistas, camelos de verdade e bofes incríveis vestidos de califa. Vai apresentar o projeto à nossa sem-

pre eterna boate Medieval. Estamos torcendo para a glamourosa Luana Cigana, da Medieval, montar logo o espetáculo, que vai se chamar "As mil e uma noites das Arábias". Sucesso, querido.

— Dona Anjinha, vou começar a chamar a senhora de dona Deusinha. A senhora é o máximo.
— Anjinha está de bom tamanho — ela riu, satisfeita. — Mas posso fazer uma pergunta?
— A senhora hoje pode tudo.
— Obrigada. Então, queria saber o seguinte: com tanta mortandade — sem ser convidada, havia se sentado à mesa —, por que o senhor continua fissurado no assassino que matou os três primeiros?
— Porque quando o assassino for descoberto e estiver publicamente desmascarado e enfiado atrás das grades, os seus imitadores não terão mais por que imitá-lo, vão parar de matar.
— E isso vai funcionar?
— Acho que vai.
— Então vou continuar torcendo.
— E pode ficar orgulhosa de ter me ajudado bastante, viu, dona Anjinha. Muito obrigado mesmo.
— Eu faço a minha parte. Contanto que o senhor pegue os macumbeiros desgraçados...
Paixão já estava se levantando, enfiando na boca um punhado de comprimidos, que engoliu com o resto do leite. De pé, disse:
— Agora sou eu que quero lhe fazer uma pergunta, dona Anjinha, pergunta pessoal, posso?
— O senhor é meu amigo, o senhor pode tudo.
— Então me diga, por que esse seu ódio dos afro-brasileiros, que a senhora chama de macumbeiros?
— Eu tive uma empregada que era macumbeira. E um dia ela levou meu marido embora.

— Entendi.

Na delegacia, Paixão mostrou a revista à investigadora Vera e lhe disse para ligar para a editora, conseguir o telefone da colunista Bella Gente e descobrir o paradeiro do Empresário.
— Ainda é cedo, mas fique pendurada no telefone até a redação começar a funcionar. Hoje ele não escapa. Quando tiver a informação, me localize onde quer que eu esteja.
— Pode deixar comigo.

Na hora do almoço, Paixão deu uma corrida até a Vila Mariana. Rita fazia companhia a Luísa no quarto delas. Foi logo abrindo o jogo:
— Esta noite vou desmascarar o criminoso.
As irmãs ficaram perplexas. Nesse instante Fernando entrou no quarto, vindo do banheiro, enxugando o cabelo.
— Podemos saber o nome do facínora? — perguntou.
— Não posso dizer, ainda preciso saber algumas coisas, mas você vai me ajudar.
— Eu?
— É. Pedi a mãe Aninha que convocasse todos os filhos-de-santo para irem ao terreiro hoje à noite, às oito e meia. Vou lhe pedir para passar pela Parada de Taipas e pegar a Equede. Pode ser?
— Bem, já que perdi três empregos e estou quase em tempo integral trabalhando para a polícia, trabalho voluntário, de graça, é claro... Mas é só isso o que você quer de mim, levar a Equede?
— Claro que não. Precisamos conversar antes da reunião. Vamos marcar no terreiro lá pelas sete horas. Você vai ter que sair mais cedo para pegar a Equede.
— Espere aí — disse Fernando —, quer dizer que o assassino é alguém do terreiro?

— Fernando, me dê até a noite para eu responder; não quero me antecipar.
— Não entendo por que esse mistério com a gente — reclamou Fernando.
— Por favor, confie em mim.
Fernando não escondeu que se sentia contrariado. Luísa disse:
— Também vou ao terreiro esta noite.
— De jeito nenhum — reagiu Paixão.
Ela insistiu, argumentando:
— Fernando cuida de mim.
— Você pode ter uma recaída, não vamos arriscar. Me ouça, Luísa, por favor.
— Eu vou, está decidido. Rita pode me levar no meu carro, para eu não depender do Fernando, que vai sair mais cedo. Rita me leva, ponto final.
Rita concordou com um gesto, e Paixão falou:
— Seu estado de saúde ainda é muito frágil para você participar de um jogo que pode não dar certo. Sobre os assassinatos, ainda há aspectos nebulosos, e vou ter que jogar, esperando que o criminoso caia na armação.
— Uma arapuca — comentou Fernando —, na velha tradição dos romances policiais.
— "Arapuca boa pega passarinho raro." Mas se eu estiver errado, se não funcionar...
— Isso não vai acontecer, mas, mesmo que aconteça, quero estar lá com você. — Ninguém demoveria Luísa.
— Mas que mulher teimosa! — Paixão entregou os pontos. — Se Fernando achar que você pode ir, você vai, mas a responsabilidade é dele, responsabilidade de médico. Se você depois tiver qualquer problema por causa dessa teimosia, é ele que vai ter que se ver comigo.

Enquanto almoçavam, Vera ligou.
— Doutor, falei com o traveco da revista, a Bella Gente. A entrevista com Daddy foi no escritório dele.
— Onde fica o escritório?
— No shopping Bixiga. Disse que se a gente quer encontrar com ele, é só ir até lá. O escritório, entre aspas, do cara é uma mesa na praça de alimentação, bem na frente da lanchonete Caneca de Café. Quando ele não está, Lucimara, a funcionária que recolhe as bandejas, costuma pegar os recados para ele.
— Lucimara?
— Isso mesmo, ela trabalha das treze às vinte e duas horas. O senhor quer que eu vá para lá agora?
— Pode deixar, Vera. Eu mesmo vou.

Chegou ao shopping e procurou Lucimara. Combinaram que ela o avisaria assim que Daddy chegasse. Paixão ficou por ali olhando o movimento, sentou, tomou café, teve uma vontade doida de fumar, mas não fumou, levantou, andou para lá e para cá, subiu e desceu de um piso a outro e foi ficando de saco cheio. As horas iam passando e nada do Empresário. Estava pensando em desistir, pois queria passar na delegacia antes de ir para a Freguesia do Ó.
No banheiro, onde passou antes de bater em retirada, foi abordado por um rapaz bem-apessoado mas pouco discreto, que lhe pediu um cigarro. Parecia um michê, talvez fosse da turma do cafetão.
Paixão arriscou:
— Você conhece o Empresário?
— O Daddy Gabriel? Claro. Acabo de ver ele subindo na escala rolante. Deve estar agora aqui na praça de alimentação.
Paixão saiu correndo, mas antes agradeceu:
— Valeu.

Lucimara viu Paixão chegando e acenou para ele. Daddy estava sentado. Antes de ir cuidar das bandejas, ela fez as apresentações:
— Daddy Gabriel. Delegado Tiago Paixão.
Daddy levantou-se, oferecendo a mão. Estava absolutamente surpreso.
— Tiaguinho, cruzes!, então era você que estava me procurando?
— Turquinho? Não acredito — a surpresa de Paixão não era menor.
— Meu garotinho bonito se transformou num homem maravilhoso, ave! Imagino você num palco, um turbante árabe preso na cabeça por um cordão de pérolas para combinar com seus dentes, uma sunguinha preta de *strass*...
— Calma, que eu não sou ator nem sou gay — Paixão cortou a empolgação do outro.
— Ah, mas que desperdício.
— Nunca que eu ia achar que Daddy Gabriel e Eduardo Gabriel Daud fossem a mesma pessoa.
— Nome artístico, querido. Mudei para São Paulo com mamãe e vovó, você se lembra, e aqui logo comecei a trabalhar com fantasias de Carnaval. Primeiro fazendo arremates, pregando pedraria, depois passei a desfilar e a desenhar e a costurar e fui indo. Costurei para o teatro, também, e fui pegando fama no *gay-business* e aqui estou.
— Estou vendo.
— E você é um delegado de polícia como seu pai. Como vai o doutor Paixão?
— Morto, já faz algum tempo.
— Coitadinho. Sabe que todos esses anos, desde que saí de Rio Preto, eu queria encontrar você para lhe dizer uma coisa muito importante?
— Pois então diga, estou aqui.
— É sobre seu pai. Eu inventei aquela história.
— O quê?

— Quando eu estava para me mudar e procurei você para me despedir, você me tratou muito mal. Nem quis falar comigo, ai! Disse que seu pai tinha proibido você até de conversar comigo. Eu fiquei muito machucado, era apaixonado por você, sabia? Para me vingar, inventei que transava com o velho. Era pura mentira. Eu me arrependi assim que falei, mas não deu para me desmentir ali naquela hora. Você não me ouvia, e eu fui embora chorando. Agora você sabe. Não sei se vai me perdoar. Vai?

— Não sei, faz tanto tempo. Mas, de qualquer forma, você está tirando um peso das minhas costas.

Paixão mudou de assunto:

— Eu soube que você foi receber uma herança no Líbano.

— Nada. Minha avó, que você conheceu...

— A dona Adma.

— Voltou para o Líbano logo depois que mudamos para São Paulo. Agora, quando ela estava para morrer, só restava eu de parente, pois mamãe já tinha ido.

— Sinto muito.

— Ela mandou me chamar e eu fui. Mas todo o dinheiro dela só deu para pagar minha passagem de ida e volta a Beirute e as despesas do enterro dela. Morreu nos meus braços.

— Meus pêsames.

— Obrigado. E você me dizia que ia ser juiz de direito e acabou delegado de polícia, como seu pai.

— A vida dá muitas voltas. Mas vamos ao assunto que me fez procurar você.

Os dois se sentaram.

— Na sua ausência, foram assassinadas três pessoas que você conhecia.

— Me contaram: Helena, Lia e Caio. Vou rezar pela alma deles.

— Eram seus amigos?

— Mais conhecidos que amigos. Amizade neste meio é coisa rara.

— Pois bem, estou investigando os crimes e penso que eles estejam interligados. Você me ajudaria mais do que imagina se me contasse o que sabe sobre os três.

— Em nome dos velhos tempos, vou contar tudo o que sei, juro. Tudo mesmo.

Conversaram durante mais de uma hora.

35

O barracão do terreiro foi arrumado de acordo com as instruções do delegado Paixão. Cléber de Ogum e outros filhos-de-santo dispuseram cadeiras e bancos formando um círculo junto às paredes e levaram da sala uma poltrona confortável para acomodar Luísa. O chão foi coberto com esteiras destinadas aos que eram proibidos pelos preceitos iniciáticos de se sentarem em cadeiras ou banquinhos. O delegado não queria interferir na lei-do-santo.

Na parede oposta à entrada principal, ficava a cadeira da mãe-de-santo, "motivo de outra guerra", pensou Paixão, e à sua direita a cadeira da Equede. Junto à entrada do corredor que levava aos quartos-de-santo, mãe Aninha mandou colocar uma grande mesa forrada com uma toalha de *richelieu*, fartamente suprida de comidas e refrescos. Muitos filhos-de-santo viriam para a reunião diretamente do trabalho e não teriam tempo de comer. Por isso mandou fazer comida para todos: cuscuz, acarajés, abarás, vatapá, pedaços de inhame assado, sanduíches de carne louca, canjica, rodelas de milho cozido, salada de feijão-fradinho, manjar de coco e pudim de pão. Para beber, sucos de graviola e de maracujá. "No candomblé tudo vira festa", pensou Paixão, ao ver a mesa arrumada. "Feliciano vai tirar a barriga da miséria."

Os que chegaram mais cedo acompanharam em procissão a entrega pela mãe-de-santo de doze gamelas de amalá fumegante no quarto de Xangô. Aquela noite seria a do triunfo da justiça, e o orixá que a comandava deveria estar bem servido.

Perto das oito horas da noite, quase todos haviam chegado. A comida era devorada com sofreguidão, e as travessas esvaziadas, prontamente repostas.

Às quinze para as nove, as cadeiras e esteiras estavam quase todas tomadas. Enquanto esperavam, alguns filhos-de-santo se juntavam em torno da Equede, aboletada em sua cadeira de cargo, e em volta da poltrona de Luísa.

Às dez para as nove, chegou a turma do delegado: os escrivães Iracema e Carlito e os investigadores Feliciano, Vera, Pirulito e Canato. Comeram e foram acomodados numa fila de cadeiras reservadas para eles. Feliciano, que se considerava um ogã, preferiu ficar junto aos de sua categoria num canto do barracão. As cadeiras destinadas ao doutor Paixão e ao ogã Fernando continuavam reservadas por laços amarrados no encosto. Quatro homens da PM posicionaram-se, dois junto à porta de saída e dois atrás dos atabaques. O delegado João do Carmo chegou no último minuto e foi sentar-se ao lado de Luísa, numa cadeira especialmente guardada para ele.

Às nove horas, o tilintar agudo de uma sineta na mão da Equede impôs silêncio, e a mãe-de-santo, o delegado e o axogum entraram no barracão. Mãe Aninha apoiava-se no braço de Fernando; e se percebia que ela estivera chorando. Paixão viu Carmo sentado ao lado de Luísa e Rita e acenou para eles. Os três ocuparam seus lugares, e a mãe falou:

— Mojubá, meus filhos.

— Axé, mojubá, Mãe, sua bênção — com reverência os filhos responderam em uníssono, e ela continuou:

— Oxalá os abençoe. Todos conhecem o doutor Tiago Paixão. Ele representa aqui hoje a justiça dos homens e a justiça de Xangô — a mãe tocou com a mão o chão e a testa, pronunciando uma saudação ao orixá, e todos os filhos repetiram o gesto e as palavras, o que tumultuou um pouco a apresentação, obrigando a Equede a soar de novo o adjá.

— Ele está aqui para esclarecer os fatos tristíssimos que caíram sobre nós nos últimos tempos — retomou a mãe-de-

santo. — Ouçam com atenção o que ele tem a nos dizer. — E dirigindo-se a Paixão: — Fale, doutor Tiago Paixão.
— Obrigado, mãe Aninha. Boa noite a todos.
A Equede mais uma vez fez cessar o burburinho dos cumprimentos chacoalhando a sineta.

— Esses quatro policiais fardados que vocês estão vendo — Paixão apontou para os PMs — estão aqui para levar à prisão a pessoa que matou cinco inocentes: Helena Rizieri Ferrari, Lia Casalegre, Caio Antônio Ferreira, Teresinha Alma Breves e Antonino José Breves, o Teteu. Além de ter induzido muitos outros assassinatos.

Fez uma pequena pausa para sondar os semblantes à sua volta e continuou:

— Quando pedi a mãe Aninha que convocasse esta reunião, eu já sabia quem matara os infelizes, mas a história ainda não fazia sentido, e eu não tinha elementos irrefutáveis para a acusação. Mas agora eu tenho. Poderia simplesmente efetuar a prisão neste momento, mas acho que, antes, todos aqui merecem conhecer os fatos. Pois todos foram, de uma forma ou de outra, atingidos por essa tragédia.

O tom solene era proposital.

— Vou começar a história do começo.

Levantou da cadeira e andou pelo centro do barracão. Voltou ao seu lugar e prosseguiu:

— Havia um romance entre Helena e Lia. Elas se encontravam num shopping da cidade e foi lá que conheceram Caio. Caio era um garoto de programa, saía com quem pagasse o seu michê, fosse mulher ou homem. Mas creio que isso não é novidade para ninguém.

Nice, lá no seu canto, abaixou a cabeça.

— Depois de uma briga entre as duas, Helena pagou para conhecer os préstimos sexuais de Caio, talvez para fazer ciúme à companheira. O fato é que gostou da experiência e aquilo virou um caso, para desespero de Lia, que se sentia traída.

— Então ela matou Helena — intrometeu-se Izildinha.

— Fique quieta, minha filha — repreendeu a mãe-de-santo, dirigindo-se em seguida ao delegado: — Desculpe, doutor Paixão. Continue, por favor.

— Acontece que chegou ao ouvido de Helena um boato de que Caio era portador do vírus HIV. E Helena entrou em pânico. Medo de ter sido contaminada, falta de cuidado. Ela falou com Caio, mas Caio negou. O medo foi tamanho que a mulher se recusou a fazer o teste de laboratório e foi tentar descobrir a verdade procurando a irmã de Caio, dona Cleonice Maria Ferreira, Nice, aqui presente.

Todos olharam para Nice, que continuava de cabeça baixa.

— Nice negou que Caio estivesse contaminado com o vírus da aids, mas imediatamente deve ter se dado conta, enfermeira que é, de que o rapaz vinha sofrendo muitas infecções nos últimos tempos. Se Caio era portador do HIV, isso se devia à vida que vinha levando, e a culpa era de quem o mantinha nessa vida. Gente como Helena, gente que ela odiava e que deveria pagar pela contaminação do menino.

Nice continuava de cabeça baixa, Paixão prosseguiu:

— Nice adorava Caio e se empenhava em protegê-lo com todas as suas forças. Naquele dia as coisas ficaram por aí, mas tudo tinha mudado na vida das duas mulheres.

Paixão olhou em torno. Todos os olhos da platéia estavam em cima dele.

— Helena não sossegou. Costumava recorrer às medicinas alternativas, jogos de tarô e tudo o que era novidade esotérica. Caio sabia que Helena gostava de ler a sorte e lhe dera, tempos atrás, o telefone daqui. Helena ligou e marcou uma consulta com mãe Aninha. Estava alucinada e implorou para ser atendida naquele dia. Mãe Aninha não joga às sextas-feiras, mas, com pena, concordou em receber a mulher desesperada.

A mãe-de-santo assentiu.

— Então mãe Aninha jogou e viu a morte nos búzios e disse a ela. Helena se apavorou e fugiu. Nice estava no terreiro e soube do resultado do jogo. Sem se mostrar, ela deve ter visto Helena na sala de espera. Achou que a mulher estava lá para denunciar Caio e ficou à espreita. Nice confia plenamente nos orixás e na sua mãe-de-santo, mas às vezes interpreta a seu modo a mensagem que vem deles. Soube do vaticínio e entendeu que Helena estava irremediavelmente marcada para morrer. E a matou.

Paixão foi interrompido por um alarido de espanto e incredulidade. A Equede de novo tocou o adjá.

— Mas Nice não é uma assassina comum. Nice matou por amor. Se Helena devia morrer, porque era isso o que previam os búzios, que morresse em benefício de alguém. — Voltando-se para o médico, disse: — Fernando, por favor, poderia resumir em poucas palavras o que você me ensinou sobre esse ritual?

— Agô, minha mãe — Fernando pediu licença à mãe-de-santo, que consentiu. — Antes de sacrificar um animal grande, de quatro pés, é preciso jogar para saber se o orixá aceita aquela oferenda: sim ou não. Como vocês sabem, para essa consulta, se usa um obi partido em dois, e não os búzios. O sacrificador faz quatro lançamentos sucessivos, e, se saírem ao menos dois resultados positivos, ele sabe que o orixá aceita o sacrifício. Mas, se sair a resposta positiva quatro vezes seguidas, o sacrificador interpreta que, além de ter confirmada a aceitação da oferenda, ele pode fazer ao orixá um pedido muito grande, pois não há milagre que não seja atendido nessa circunstância. Imagino que, no desespero de salvar Caio da aids, Nice deve ter feito o jogo de obi e obtido as quatro respostas favoráveis. Da maneira mais absurda, concluiu que, com o sacrifício daquela mulher, o milagre era possível.

Fernando fez uma pausa e, incentivado pelo olhar do delegado, continuou:

— Já que Helena ia morrer mesmo, como ela acreditava, aproveitou e sacrificou Helena na intenção de salvar Caio, como se Helena fosse um animal de quatro pés. Ofereceu o sacrifício a Oxum, que é seu orixá, para que ela também saísse fortalecida pelo axé do sangue derramado. E seguiu todos os preceitos rituais, que uma filha-de-santo aplicada e perfeccionista como ela conhece em profundidade. Preceitos cujos fins, evidentemente, ela deturpava em sua insanidade.

Nice não se movia, ninguém se movia. Paixão voltou a falar.

— O romance de Helena e Caio, entretanto, já se transformara num triângulo. No começo, Lia pretendia roubar Caio de Helena apenas por vingança, mas também gostou dele e se sentiu correspondida. Se foi sinceramente ou não, jamais saberemos. Caio ia para onde o dinheiro e a vida fácil apontassem. Lia foi se apegando mais e mais a Caio e, quando se deu conta, estava apaixonada. O garoto sabia cativar, vivia disso. Lia estava de mudança para Belo Horizonte e prometeu a Caio levá-lo com ela. Em Belo Horizonte, ele poderia recomeçar a vida, podia voltar a estudar, mas ela tinha dúvidas e sentia medo. Então Helena foi assassinada e a insegurança de Lia aumentou. Será que Caio estaria envolvido? Ela faria de tudo para regenerá-lo, mas precisava saber a verdade. Por isso ela veio se consultar com mãe Aninha. Lia já viera aqui outras vezes jogar búzios, mas não sabia da existência de uma parente de Caio na casa.

Fernando completou:

— Nice não somente soube do jogo como foi ela que lavou o fio de contas que Mãe deu para Lia levar.

Paixão voltou a falar:

— Mas se Lia não sabia da existência de Nice, o contrário não era verdadeiro. Acredito que Caio estivesse acusando Nice de ter matado Helena. Antes ele já vinha reclamando que não suportava o ciúme de Nice e que queria viver sua vida livremente, longe dela. Tinham brigas horríveis e chegaram algumas vezes à agressão física. Caio era asmático, e as brigas provocavam crises que quase o sufocavam. Mais de uma vez, no meio de uma discussão, Nice teve que levá-lo às pressas a um pronto-socorro. Ele nunca podia ficar sem uma bombinha de asma.

Paixão prosseguiu depois de uma pausa:

— Caio com certeza tinha dito a Nice que queria ir embora para Belo Horizonte com Lia. Quando os búzios de mãe Aninha caíram de novo com o odu da morte, ela não titubeou. Já tinha matado antes, nada mais podia detê-la. Mas Nice não é uma assassina comum, ela não mata por matar, mata por amor, e mata por fé. Sacrificou Lia para Xangô, que é seu segundo orixá, pois precisava de axé, de muita força, para agüentar todo aquele sofrimento.

— Antes de serem mortas, as duas foram drogadas para que não reagissem — sugeriu João do Carmo.

— Exatamente — confirmou Paixão. — Nice foi à casa de Helena para conversar, de mulher para mulher. Deve ter telefonado antes, depois de pegar o número do telefone no caderno de endereços dos clientes do terreiro. Foi como amiga, para esclarecer as coisas. De algum modo, fez a outra beber um chá ou outro líquido em que pôs uma tonelada de hipnótico.

— Chazinho boa-noite-cinderela — acrescentou o ogã Jorginho, imediatamente calado pelo olhar fuzilante de mãe Aninha.

— Para Lia, por sua vez, ela deve ter dito que fora enviada por mãe Aninha, levando uma porção do calmante que ela tomara à tarde no terreiro.

— Água de melissa — esclareceu mãe Aninha.

— Na qual dissolvera a mesma droga que derrubara Helena. Bom, acontece que Caio, ao saber do assassinato, provavelmente pela televisão, teve certeza de que Nice matara suas duas amigas e disse a ela que iria embora para sempre. Não duvido que ameaçasse entregar a assassina à polícia antes de partir. Nada iria detê-lo, nenhuma súplica, nenhuma chantagem, nenhuma intimidação.

— Estava de saco cheio — disse alguém.

A Equede tocou a sineta. Paixão disse:
— Nice entendeu que Caio estava perdido, completamente tomado pelo mal. E não teve outro jeito: ela matou o filho.
— Matou o irmão — emendou Izildinha.
— Nice matou o filho — reafirmou Paixão.
O barracão estava num silêncio de pasmo. Pela primeira vez, Nice levantou a cabeça e olhou para a mãe-de-santo. Seu rosto estava seco de lágrimas, mas o queixo tentava a todo custo conter o tremor de ódio misturado com desespero e vergonha que vinha de dentro. A boca estava fechada num ricto de dor, e aos poucos as lágrimas começaram a escorrer. De novo ela abaixou a cabeça. Muitos dos olhos que viam a cena também se encheram de água.
Paixão prosseguiu:
— Caio era filho carnal de Nice. Ele nasceu quando ela era quase uma menina, estuprada pelo próprio pai. De qualquer modo, Caio também era irmão dela por parte de pai. A gravidez foi escondida tanto quanto possível, e o menino foi registrado nos nomes do pai e da mãe de Nice. A mãe, que morreu há alguns anos, a obrigou a criar o menino como se fosse seu irmão. Era mulher simples, mas zelosa da moral. O pai morreu logo depois do nascimento de Caio, num acidente mal explicado.
A confusão despertada na platéia teve de novo que ser contida pela velha Paulina.
— Só mãe Aninha conhecia a história do nascimento de Caio, mas, desde que descobrimos a autoria dos assassinatos, ela entendeu que não havia mais razão para guardar o segredo.
Continuou:
— Nice adorava o filho e estava convencida de que o sexo fora a sua perdição. Somente um grande ebó poderia redimi-lo. Ela sabia que sua morte fora marcada no jogo, não havia nada que ela pudesse fazer para mudar o seu destino. Nice é

uma mulher fanática, e sua falta de discernimento desgraçou com ela e com outros que nada tinham com isso. Acredito que, quando naquela noite ela chegou em casa e Caio estava pronto para partir, os dois brigaram, e ele teve uma crise de asma. Ele procurou a bombinha e não achou. Nice tirou da bolsa uma bombinha nova e lhe deu. Ele abriu a boca, apertou o botão e respirou fundo, longamente, mas o conteúdo da bombinha era bem diferente daquele que acalmava sua asma: era clorofórmio. O gás o fez dormir e Nice sacrificou Caio, mas antes teve que castrá-lo, como manda o ritual no sacrifício de um carneiro para Iemanjá. Aproveitou a castração e ofereceu o sexo do filho às mães ancestrais...

— As Iá Mi Oxorongá — acrescentou Fernando.

À menção do nome das mães ancestrais, mãe Aninha tocou com os dedos o solo e depois a testa, pronunciando em voz quase inaudível "Nossas grandes mães, livrai-nos da morte". Quase todos no barracão repetiram seu gesto e suas palavras.

Para restabelecer a ordem, a Equede teve que tocar o adjá com muita insistência. Quando se fez silêncio, Paixão olhou para Fernando, que disse:

— Será que Nice agiu assim pensando que as grandes mães testemunhariam a força e a grandeza de seu amor materno? Pode ser. As mães ancestrais são temidas porque foram capazes de tudo para defender seus filhos. Não hesitavam em enfeitiçar e até matar. Talvez Nice, na sua insânia, se julgasse à altura delas.

— Mas que presunção! — indignou-se alguém. — Que sacrilégio!

Paixão continuou:

— Nice é uma mulher prestimosa, gosta de tudo no lugar. Por isso as cenas dos crimes mostravam um grau de ordem inesperado.

Tomou fôlego e foi adiante:

— Nice, como eu ia dizendo, não deixava os vestígios comuns, como impressões digitais e cabelos, devia limpar tudo perfeitamente. Enfermeira de centro cirúrgico que é, o hábito da assepsia e o uso de luvas a ajudaram a esconder o rastro. Sendo enfermeira circulante, foi fácil justificar suas ausências. A ocupação facilitou igualmente a obtenção das drogas. Mas ela tinha que esconder também pistas que ligassem primeiro Helena e depois Lia ao filho dela, e foi por isso que sumiu com os telefones celulares dos três. O roubo dos celulares foi a perdição de Nice e, infelizmente, de Teresinha e Teteu também. Nice escondeu os celulares no assentamento de sua Oxum, com que propósito, ela nos dirá depois. Acontece que mãe Aninha pediu a Teresinha que arrumasse o quarto-de-santo, trocasse a água das quartinhas e limpasse tudo. Teresinha acabou achando os celulares e, quando Nice chegou ao terreiro, Teresinha deve ter-lhe dito que precisava mostrar os telefones para mãe Aninha. Nice certamente a ameaçou e a fez prometer não dizer nada a ninguém. Nice tinha forte ascendência sobre ela. De fato de sua boca nunca saiu uma só palavra sobre os celulares, mas Teresinha escreveu um bilhete anônimo perguntando se Oxum agora falava pelo celular e o deixou nas coisas de mãe Aninha. Infelizmente mãe Aninha só encontrou o bilhete quando Teresinha e seu irmão já estavam enterrados. Nice pode ter desconfiado que Teresinha não guardaria segredo...

Paixão fez uma pequena pausa e completou:

— E naquela noite foi até sua casa, como quem quer resolver as coisas numa boa, e usou de novo o clorofórmio. Teresinha devia estar desfalecida no quarto quando Teteu chegou da rua. Nice não teve outra saída e aproveitou para fazer um duplo sacrifício. A fé de Nice já se transformara em loucura. Sua vida então se orientava apenas por seus devaneios insanos. O resto vocês já sabem.

A pausa de uns segundos pareceu durar uma eternidade. Paixão se levantou, agora olhando para Nice, que permanecia de cabeça baixa, e começou a dizer:

— Dona Cleonice Maria Ferreira, a senhora está presa pelos assassinatos de Helena Riz...

Enquanto Paixão pronunciava a ordem de prisão, um cheiro penetrante de manjericão tomou conta do lugar. Como num filme em câmera lenta, Paixão viu a mão esquerda de Nice sendo levada à boca e a direita ao pescoço, segurando uma faca. Paixão correu para ela, seguido pelos investigadores e soldados da PM, mas, antes de ser alcançada, Nice caiu no chão, estrebuchando. Uma lagoa de sangue foi se formando no piso do barracão do candomblé de mãe Aninha.

A casa de Xangô foi invadida por uma grande desordem. Havia quem chorasse, quem gritasse, quem se atirasse ao chão, quem corresse e até mesmo quem virasse no santo. Aos poucos o corpo mutilado de Nice parou de tremer: a filha de Oxum estava morta. Tinha o pescoço cortado e a boca cheia de folhas de manjericão.

PÓS-ESCRITO

Passaram-se os dias e a teoria se confirmou: o fim do Sacrificador acabou com seus imitadores, a moda passou, não deixou seguidores. Cessaram os sacrifícios, os autenticados e os apócrifos. Os assassinatos remanescentes ajustaram-se aos padrões comuns, igualmente abomináveis, mas sem a máscara dos falsos sacrifícios humanos que alimentaram a guerra inter-religiosa, que, por sua vez, se extinguiu com o término da onda sacrificial.

Diga-se, a bem da verdade, que, apesar do tumulto e dos danos materiais sofridos pela cidade e pelos oponentes de outros credos, das escoriações provocadas no corpo-a-corpo de rua, das agressões morais e físicas infligidas em nome de Deus, as reais motivações dos assassinatos da moda sacrificial, ou da maioria deles, acabaram confirmadas como de natureza não religiosa. O que em boa medida foi útil para livrar as religiões da culpa pelas matanças.

As religiões, inocentadas, voltaram a operar no mercado da fé de modo civilizado, até onde isso era possível, causando apenas os prejuízos menores, espirituais e materiais, a que os devotos estão acostumados há milhares de anos. As hostilidades esporádicas e os conflitos perenes entre diferentes grupos de crença voltaram a seus níveis usuais, toleráveis, sem que o Estado tivesse que se intrometer, como é de se esperar numa sociedade secularizada.

AGRADECIMENTOS

Muitos me ajudaram neste livro. Quero agradecer a Mílton Toschi Júnior, Paulo Fecury Kirmayr, Heloisa Jahn, Élide Rugai Bastos, Lilia Moritz Schwarcz, Luiz Alfredo Garcia-Roza, Luiz Schwarcz, Antônio Flávio Pierucci, Daniel Hideo Kato, Vilma Koloswary, Fábio Uehara, Hebe Guimarães Leme, Fábio Andrade Regadas, Eveline Bouteiller, Elisa Braga, Fabiana Roncoroni, Paula Colonelli, Maria Lúcia Prandi, Renata Carreto, Pedro Rafael, Irene Hirshberg, Alexandra Muller, André Conti, Ana Paula Hisayama e Helen Nakao.

SÉRIE POLICIAL

Réquiem caribenho
  Brigitte Aubert

Bellini e a esfinge
Bellini e o demônio
Bellini e os espíritos
  Tony Bellotto

Os pecados dos pais
O ladrão que estudava Espinosa
Punhalada no escuro
O ladrão que pintava como Mondrian
Uma longa fila de homens mortos
Bilhete para o cemitério
O ladrão que achava que era Bogart
Quando nosso boteco fecha as portas
  Lawrence Block

O destino bate à sua porta
  James Cain

Post-mortem
Corpo de delito
Restos mortais
Desumano e degradante
Lavoura de corpos
Cemitério de indigentes
Causa mortis
Contágio criminoso
Foco incial
Alerta negro
A última delegacia
Mosca-varejeira
  Patricia Cornwell

Vendetta
  Michael Dibdin

Edições perigosas
Impressões e provas
A promessa do livreiro
  John Dunning

Máscaras
Passado perfeito
  Leonardo Padura Fuentes

Tão pura, tão boa
Correntezas
  Frances Fyfield

O silêncio da chuva
Achados e perdidos
Vento sudoeste
Uma janela em Copacabana
Perseguido
Berenice procura
  Luiz Alfredo Garcia-Roza

Neutralidade suspeita
A noite do professor
Transferência mortal
Um lugar entre os vivos
  Jean-Pierre Gattégno

Continental Op
  Dashiell Hammett

O talentoso Ripley
Ripley subterrâneo
O jogo de Ripley
Ripley debaixo d'água
O garoto que seguiu Ripley
  Patricia Highsmith

Sala dos Homicídios
Morte no seminário
Uma certa justiça
Pecado original
A torre negra

Morte de um perito
O enigma de Sally
O farol
    P. D. James

Música fúnebre
    Morag Joss

Sexta-feira o rabino acordou tarde
Sábado o rabino passou fome
Domingo o rabino ficou em casa
Segunda-feira o rabino viajou
O dia em que o rabino foi embora
    Harry Kemelman

Um drink antes da guerra
Apelo às trevas
Sagrado
Gone, baby, gone
Sobre meninos e lobos
Paciente 67
    Dennis Lehane

Morte em terra estrangeira
Morte no Teatro La Fenice
    Donna Leon

A tragédia Blackwell
    Ross Macdonald

É sempre noite
    Léo Malet

Assassinos sem rosto
Os cães de Riga
A leoa branca
    Henning Mankell

Os mares do Sul
O labirinto grego

O quinteto de Buenos Aires
O homem da minha vida
A Rosa de Alexandria
    Manuel Vázquez Montalbán

O diabo vestia azul
    Walter Mosley

Informações sobre a vítima
Vida pregressa
    Joaquim Nogueira

Revolução difícil
Preto no branco
    George Pelecanos

Morte nos búzios
    Reginaldo Prandi

A morte também freqüenta o Paraíso
    Lev Raphael

Serpente
A confraria do medo
A caixa vermelha
Cozinheiros demais
Milionários demais
Mulheres demais
Ser canalha
Aranhas de ouro
Clientes demais
    Rex Stout

Fuja logo e demore para voltar
O homem do avesso
    Fred Vargas

A noiva estava de preto
Casei-me com um morto
    Cornell Woolrich

ESTA OBRA FOI COMPOSTA PELA SPRESS EM GARAMOND E IMPRESSA
EM OFSETE PELA GEOGRÁFICA SOBRE PAPEL PAPERFECT
DA SUZANO BAHIA SUL PARA A EDITORA SCHWARCZ EM JULHO DE 2006